여행의 이유

그래서 나는 빠이에 간다

여행의 이유
그래서 나는 빠이에 간다

초 판 1쇄 2025년 04월 23일

지은이 이삭
펴낸이 류종렬

펴낸곳 미다스북스
본부장 임종익
편집장 이다경, 김가영
디자인 윤가희, 임인영
책임진행 김은진, 이예나, 김요섭, 안채원, 장민주

등록 2001년 3월 21일 제2001-000040호
주소 서울시 마포구 양화로 133 서교타워 711호
전화 02) 322-7802~3
팩스 02) 6007-1845
블로그 http://blog.naver.com/midasbooks
전자주소 midasbooks@hanmail.net
페이스북 https://www.facebook.com/midasbooks425
인스타그램 https://www.instagram.com/midasbooks

ISBN 979-11-7355-198-7 03810

값 20,000원

여행의 이유

그래서 나는 빠이에 간다

이삭 지음

미다스북스

내가 지금
'빠이' 여행기를 쓰는 이유

살다 보면 '운명'처럼 느껴지는 장면이 있다.

거의 20년 전의 일이다.

치앙마이에서 한 달 살기를 마치고, 방콕행 비행기를 기다리던 공항 탑승장에서 한 노년의 서양인이 나에게 말을 걸었다. 그는 프랑스인이었고, '빠이'라는 작은 마을에서 명상 센터를 운영하고 있다고 했다. 그는 자신이 쓴 명상 책을 꺼내 보여주었고, 우리는 짧지만 깊은 이야기를 나눴다. 그사람의 이름도, 얼굴도 기억나지 않지만 그 순간만큼은 유난히 선명하게 내 기억 속에 남아 있다.

무엇보다도 나는, 그가 자기만의 기준을 가지고 살아가는 사람처럼 느껴져 부러웠다. 명상을 가르치고, 자기 삶에 대한 기준을 지닌 사람. 그때의 나는, 그것을 갈망하며 방황하던 20대의 청년이었다. 친구들이 좋은 직장, 높은 소득을 꿈꿀 때, 나는 흔들리지 않는 삶의 기준을 얻고 싶었다. 그런 나에게 그는 내가 원하는 것을 이미 가진 사람처럼 보였다.

인생은 가끔, 신기할 만큼 정교하게 작동한다. 나는 그 공항에서의 짧은 만남이 내 삶에 건네진 하나의 작은 메시지였다고 믿는다. 내게 전해진 것은 '결국 너는, 네가 진심으로 원하는 것을 얻게 될 것이다.' 이러한 메시지였다.

빠이에 대해 들어봤지만, 그때까지 한 번도 가본 적은 없었다. 하지만 나는 지금 그곳을 매년 가고 있다. 삶이 흔들릴 때마다 명상에 기대곤 했지만, 내가 누군가에게 명상을 전하게 될 줄은 꿈에도 몰랐다. 지금은 명상지도사로서 사람들과 명상과 삶에 대해 이야기하고 있다. 그리고 바로 이곳, 빠이에서 이 글을 쓰고 있다.

이 책은 단순한 여행기가 아니다.

또한 빠이에서 보낸 며칠의 기억만을 담고 있지도 않다. 40개국을 여행한 여행자로서, 5년 동안 아프리카에 머물렀던 거주자로서, 그리고 흔들리지 않는 마음을 찾아 헤매던 한 사람으로서, 나는 겨우겨우 얻고, 때로는 놓쳤다가 다시 붙잡은 작은 진심들과 삶의 조각들을 이 책 안에 담았다. 그리고 그 모든 이야기를 풀어내기에, 가장 자연스럽고 진심이 닿는 장소가 바로 '빠이'였다.

그리고 그 이야기를 이제야 꺼낼 수 있게 되었다. 이제는 당당하게 이야기할 수 있게 되었기 때문이다. 5년 전의 내가 이 책을 썼다면, 절반은 진심이었겠지만 나머지 절반은 거짓이었을 것이다. 그때의 나는, 책 속에서 말하는 삶을 온전히 살고 있지 않았다. 거짓으로는 글을 쓸 수 없었다. 설사 썼더라도, 독자들은 금세 눈치챘을 것이다.

그래서 나는 진심으로 말할 수 있게 될 때까지 기다렸다. 그리고 이제야, 이 책을 펴낼 수 있게 되었다.

어쩌면 이 책을 펼치는 누군가는, 과거의 나처럼 자신만의 여행을 찾고, 자신만의 삶을 살아가려는 길 위에 있을지도 모른다. 그들에게 이 책이 낯선 길 위에서 가만히 빛나는 작은 불빛이 되었으면 좋겠다. 그때 만났던 그 프랑스의 명상가가 내게 그랬던 것처럼 말이다.

꼭 그 이유 때문이 아니더라도, '빠이'라는 매력적인 공간을 당신에게 소개할 수 있게 되어, 그것만으로도 나는 참 기쁘다. 그리고 어쩌면, 당신의 인생에도 작은 불빛처럼 다가오는 '빠이'가 있을지도 모른다. 그 불빛을 따라, 천천히 나아가길 바란다.

contents

Chapter I
어느 여행자의 여행법

여행지 선택, 교통수단, 머무는 숙소

그리고 즐기는 활동까지,

모든 것이 개인의 성향과 가치관을 반영한다

그 여정은 항공권을 검색하는 순간부터 시작된다

겨울엔 따뜻한 햇살을 찾아간다

겨울이 오면 나는 따뜻한 나라로 떠난다. 추운 날씨에는 몸이 둔해지고 일의 능률도 떨어진다. 그래서 따뜻한 곳에서 여행하고, 일하고, 운동하며 지낸다. 보통 12월에 출발해 2월경에 돌아오지만, 올해는 새로 연 독립 서점을 운영해야 해서 한 달만 머물 계획이다.

장기 여행에서 가장 큰 부담은 경비다. 나는 물가가 저렴하고 가까운 동남아로 주로 간다. 호주나 뉴질랜드도 고려할 수 있지만, 물가가 비싼 데다 할 일도 많지 않다. 연말과 연초에는 크리스마스부터 박싱데이(Boxing Day), 신년까지 긴 휴일이 이어진다. 대부분의 상점이 문을 닫아 할 수 있는 일이 많지 않다.

여행지는 해마다 달라진다. 여러 나라를 돌 때도 있고, 올해처럼 한 나라에 오래 머물기도 한다. 올해는 태국에 간다. 빠이에서 3주, 치앙마이에서 1주일을 보낼 계획이다. 빠이는 최근 몇 년 사이, 내가 가장 많이 찾은 여행지다. 이번이 네 번째 방문이지만, 여전히 설렌다. 같은 장소라도 여행할 때마다 새로운 경험이 쌓이고 다른 감정이 스며든다. 이번 여행에서는 어떤 추억이 남을까. 누구를 만나고, 어떤 이야기가 내 삶에 스며들까?

벌써부터 설레기 시작한다.

목적지는 티켓이 결정한다

장기 여행도 하지만, 3~4일짜리 짧은 즉흥 여행도 자주
한다. 장기 여행은 철저히 계획하지만, 즉흥 여행은 전혀 다
르다. 여행지나 일정은 고려하지 않고, 오직 저렴한 항공권
에 맞춰 여행지를 정한다. 값싼 항공권을 발견하면, 다음 날
이라도 떠난다.

즉흥 여행은 주로 대만, 일본, 홍콩처럼 가까운 나라로 떠
난다. 한 번에 모든 것을 경험하기보다 짧게, 여러 번 다녀
오는 편이다. 이렇게 자유롭게 여행할 수 있는 건 시간 조절
이 가능한 일을 하기 때문이다. 나도 한때는 바쁜 직장인이
었다. 하지만 더 나이 들기 전에, 창의적인 일을 해보고 싶

었다. 여기에 자유롭게 여행하고 싶은 마음이 더해져 직업을 바꾸게 되었다.

즉흥 여행에서는 '공동구매 항공권'을 주로 이용한다. 항공권에는 다양한 등급이 있다. 우리가 눈으로 구분하는 좌석은 퍼스트, 비즈니스, 일반석이지만, 실제로는 변경 가능 여부, 수하물 포함 여부 등에 따라 더 세분화된다. 가장 저렴한 등급의 항공권은 날짜 변경이 불가능하고 수하물이 포함되지 않는 등 제약이 많다. 이 항공권 중 일부는 여행사 고객을 위해 배정된다. 여행사는 이 좌석을 받아 여행 상품을 만든다. 일반적으로 구매할 수 있는 항공권보다 훨씬 저렴하다.

여행사는 좌석을 최대한 많이 확보하려 한다. 특히 성수기에는 좌석 수요가 공급을 초과하는데, 이때 확보한 좌석 수가 매출을 결정한다. 여행사가 성수기에 좌석을 많이 배정받으려면 비수기에도 꾸준히 항공권을 판매해야 한다.

항공사는 일정 수 이상의 항공권을 구매한 여행사에 추가 무료 좌석을 제공하기도 한다. 예를 들어, 열 자리를 판매하면 한 자리를 무료로 제공하는 식이다. 이 좌석이 그대로 여행사의 수익이 된다. 하지만 여행사 입장에서는 매번 모든 좌석을 완판하기 어렵다. 출발 날짜가 가까워지면 남은 좌석을 할인 판매하기도 한다. 이런 항공권을 잘 찾으면 매우 저렴하게 여행할 수 있다.

항공권은 출국일이 가까워질수록 더 저렴해지는 경우가 종종 있다. 일본, 대만, 중국은 물론 동남아시아 국가들도 간혹 10만 원대 항공권이 나온다. 그럴 때 표를 사서 즉흥 여행을 떠난다.

다시 항공권을 구매하세요

예약한 비행기는 인천에서 20시 20분에 출발해, 다음 날 00시 20분에 방콕에 도착하는 아시아나항공 OZ743편이다.

나는 동남아 항공권을 구입할 때, 왕복 요금 차이가 10만 원 이내라면 풀 서비스 항공사(FSC, Full Service Carrier)를 선택한다. 이유는 간단하다. 풀 서비스 항공사가 더 이득이기 때문이다.

제주항공, 진에어 같은 저비용 항공사(LCC, Low-Cost Carrier)는 기내식과 음료를 유료로 판매한다. 국내 저비용 항공사 중에는 수하물을 조금이라도 기본 제공하는 곳도 있지만, 에어아시아 등 외국계 저비용 항공사들은 대부분 유료로 구입해야 한다. 저비용 항공사를 이용한다고 가정하면, 식사와 커피, 맥주 한 캔을 구입하는 데만 2만 원이 넘는 돈을 지불해야 한다. 수하물 20kg 추가 요금도 약 2만5천 원이다. 이런 항목들을 합치면, 왕복 기준으로 최소 9만 원이 추가된다.

여기에 마일리지 적립 혜택까지 고려하면 상황이 달라진다. 마일리지는 좌석 등급에 따라 다르지만, 일반적으로 최소 5만 원 이상의 가치가 있다. 또한, 기내 엔터테인먼트, 좌석의 안락함, 수속과 탑승 과정의 편리함도 강점이다. 수하물 분실, 파손, 항공기 지연 등의 돌발 상황에서도 더 나은 서비스를 기대할 수 있다. 이런 요소를 모두 고려하면 최소 15만 원 이상의 가치를 얻을 수 있다.

특히 환승이 필요한 경우, 나는 절대 저비용 항공사를 이용하지 않는다. 과거에 큰 낭패를 볼 뻔한 적이 있기 때문이다.

나의 블랙리스트 항공사

동남아 여행 중 한 저비용 항공사를 이용한 적이 있다. 당시 이 항공사는 설립된 지 얼마 되지 않았고, 우리나라에는 취항하지 않아 정보가 거의 없었다. 하지만 새로운 항공사답게 항공기가 깔끔해 보였고 가격도 저렴하여 예약했다. 목적지까지 직항이 없어 태국 방콕에서 환승해야 했고, 대기 시간은 2시간이었다. 문제는 출발 항공기가 지연된 것이다. 처음에는 30분 지연이었지만, 결국 50분까지 늘어났다. 연결 편을 놓칠까 봐 걱정돼 항공사 직원에게 내 상황을 설명하고, 비행기를 놓치면 다음 편을 제공받을 수 있는지 물었다. 그녀는 차가운 말투로 단호하게 답했다.

"안 됩니다. 다시 항공권을 구매해야 합니다."

나는 어이가 없었다.

여행사가 아닌 항공사 홈페이지에서 안내한 일정에 맞춰 예약했다. 그런데 항공사 측의 문제로 비행기를 놓친다면, 당연히 보상이 있어야 하는 것 아닌가? 다시 항의했지만 그녀의 대답은 단호했다.

"고객님이 선택하신 일정이에요."

다행히도 연결편도 지연되면서 가까스로 탑승할 수 있었다. 하지만 이것이 이 항공사를 이용한 처음이자 마지막이었다.

저비용 항공사의 연착과 결항이 잦은 이유는 항공기 운항 스케줄을 과밀하게 편성하기 때문이다. 물론 풀 서비스 항공사에서도 지연은 발생한다. 하지만 저비용 항공사는 더욱 빈번하다. 짧은 시간 동안 많은 항공편을 운항하다 보니 일정 하나가 늦어지면 다음 비행 일정도 같이 늦어진다. 이처럼 과밀한 운영 탓에 정비 시간이 부족해 잔고장 또한 잦은 편이다. 또한 이런 문제가 발생했을 때 대체 항공편을 투입하는 것도 대형 항공사보다 어렵다. 가용 항공기가 부족하기 때문이다.

그래서 나는 단거리 직항이 아닌 경우, 저비용 항공사를 이용하지 않는다.

나의 좌석은, 44G

항공편을 예약하면 가장 먼저 좌석을 지정한다. 이번 비행에서는 44G를 선택했다. 그 이유는 몇 가지 있다.

내가 탈 항공기는 2-4-2 좌석 배열의 광동체[1] 항공기다. 하지만 항공기의 꼬리 쪽으로 갈수록 공간이 좁아지면서 좌석 배열이 2-3-2로 바뀐다. 나는 맨 뒤 3열의 통로 좌석을 미리 골랐다.

---

[1] 영어로 Wide-body Aircraft, 한자로 '광동체(廣胴體)'라고 한다. '廣'은 넓을 '광', '胴'은 몸통 '동', '體'는 몸 '체'를 뜻한다. 즉, 넓은 몸통을 가진 비행기를 의미하며, 통로가 두 개 있는 항공기를 가리킨다. 반면, 통로가 하나인 비행기는 Narrow-body Aircraft 또는 Single-aisle Aircraft라고 하며, 한자로는 '협(狹)' 자를 써서 '협동체(狹胴體)'라고 한다.

나는 비행기에서 맨 뒤 좌석, 특히 가운데 열의 통로 좌석을 선호한다. 화장실을 이용하기 편하고, 일어나 스트레칭하기 좋다. 게다가 뒷좌석을 신경 쓰지 않고 등받이를 최대한 젖힐 수 있다. 이것이 맨 뒤 통로 좌석의 장점이다.

뒤쪽 창가 쪽이 아닌 가운데 좌석을 고르는 이유는 4자리 배열이 3자리로 줄어들기 때문이다. 옆 두 자리에 앉은 승객은 대개 일행일 확률이 높다. 그러면 옆자리 승객이 화장실에 갈 때, 내 좌석이 아닌 일행 쪽으로 지나가게 된다. 덕분에 옆 사람의 영향을 덜 받으며 좀 더 편하게 비행할 수 있다.

짧은 비행 여정에서는 큰 차이가 없겠지만, 긴 비행에서는 나름 유용한 전략이다. 화장실 바로 앞 좌석은 냄새 때문에 꺼리는 경우도 있다. 하지만 나는 불쾌했던 적이 거의 없다. 특히 대형 항공사는 승무원들이 관리를 잘해서인지 그런 문제는 없었다. 그래서 나는 항상 이 자리를 선호한다.

가벼운 짐, 더 자유로운 여행

장기 여행을 떠나기 전에 항상 가족들과 식사를 한다. 5년 동안 해외 파견 근무를 할 때도 출국 전에 가족들과 식사를 했다. 그것이 집안 행사처럼 자리 잡았다. 식사를 마친 뒤, 제부가 차로 집 근처 지하철역까지 데려다주었다. 일요일이라 열차에 사람이 많지 않아 편하게 앉아 간다. 9호선에서 공항철도로 갈아타니 큰 짐을 든 승객들이 많이 보인다. 창문 밖 풍경은 익숙하면서도 매번 새롭다. 공항까지 1시간 40분이 걸리지만, 지루하지 않다. 여행을 떠난다는 생각에 설렌다.

인천국제공항 1터미널 역 개찰구를 나와 3층 출국장으로 이동한다. 시계를 보니 출국 시간까지 3시간 30분이나 남았다. 아시아나항공 카운터는 항상 열려 있다. 다른 항공사들은 출발 3시간 전에 수속 카운터를 열지만, 국내 대형 항공사는 그렇지 않다. 대형 항공사만의 장점이다. 셀프 체크인을 해도 되지만, 수속 카운터에 사람이 많지 않아 그쪽으로 갔다.

공항에 올 때 입었던 긴 바지와 후드티, 점퍼를 부치는 가방에 넣었는데도 17kg밖에 안 나간다. 더운 나라로 가니 옷이 부피를 많이 차지하지 않는다. 짐은 가벼울수록 좋다. 꼭 필요하거나 현지에서 비싸게 사야 하는 것들만 챙긴다.

여행을 다닐수록 가방은 가벼워진다. 예전에는 '만약'을 대비해 이것저것 챙겼지만, 정작 사용할 일이 많지 않았던 물품들이 많았다. 현지에서 구할 수 있는 물건이나, 무게만 차지하는 물건을 제외하다 보면 꼭 필요한 것은 얼마 되지 않는다.

2000년대 초반, 여행을 처음 시작했을 때만 해도 한국 라면을 꼭 챙겼다. 하지만 지금은 아프리카처럼 일부 지역을 제외하면 대부분 나라에서 쉽게 구할 수 있다. 특히 동남아에서는 동네 편의점만 가도 한국 라면이 있을 정도다.

나에게 그런 경험은 없지만, 가방을 도둑맞아 작은 가방 하나로 여행하는 사람도 본 적이 있다. 돈과 여권만 잃어버리지 않으면 여행은 계속할 수 있다. 요즘은 여권과 휴대폰만 있어도 많은 나라에서 여행이 가능할 정도다. 태국도 마찬가지다. 대부분의 가게에서 QR 결제가 가능하다.

예외가 하나 있다. 속옷만은 넉넉하게 챙긴다. 여름옷들은 얇고 부피가 작아, 세탁기를 한 번 돌리려면 빨랫감이 어느 정도 쌓일 때까지 기다려야 한다. 그래서 속옷은 충분히 준비해 간다.

가방이 가벼우면 여행이 편하다. 특히 짧은 여행에서는 기내 가방 하나만으로 충분하다. 부치는 짐이 없으면 모바일 탑승권만으로 출국할 수 있어 더욱 간편하다. 짐 찾는 시간을 절약할 수 있다는 점도 큰 장점이다. 물론 가져가는 물건이 적으니 약간의 불편함이 따른다. 하지만 3~5일 정도의 짧은 여행이라면 충분히 감당할 만하다.

06

설렘을 주는 곳

'보딩 패스'를 받고 가벼운 마음으로 3번 출국장으로 향했다. 이곳에는 노트북이나 전자제품을 꺼내지 않아도 되는 스마트 검색대가 설치되어 있다. 그래서 나는 출국할 때마다 3번 출국장을 이용한다.

그런데 어마어마하게 길게 늘어선 줄이 나를 기다리고 있었다. 최근 미디어에서 출국장 대기 줄이 길다는 얘기를 들었지만, 일시적인 현상일 거라고 생각했다. 막상 그 현장을 눈으로 보니 순간 멍해졌다. 정확히 몇 번인지는 모르겠지만, 인천국제공항에 백 번 정도는 온 것 같은데, 이렇게 긴 줄은 처음 봤다. 다른 쪽 입구를 둘러봐도 상황은 마찬가지였다. 선택의 여지가 없다. 이럴 때는 빨리 줄에 서는 게 최선이다. 그래도 공항에 일찍 도착한 덕에 마음이 조급하지는 않았다.

출국 시간이 가까워지자 '승무원/도심공항/교통약자' 입구로 빠르게 이동하는 여행객들이 눈에 띄었다. 출입국 사무소 직원과 한 여행객의 대화를 들으니 탑승 시간 30분 전부터 이용할 수 있다고 했다.

긴 기다림 끝에 수하물 검사와 출국 심사를 마쳤다. 마침내 면세 구역으로 나왔다. 시계를 보니 1시간 20분이나 걸렸다. 다행히 일찍 공항에 도착한 덕분에 출국 시간까지 여유가 있었다.

예전에는 Priority Pass 카드(일명 PP카드)를 이용해 라운지에서 시간을 보냈다. 해외 업무 일정이 많았던 지난 10여 년 동안 이 카드는 필수품이었다. 하지만 지금은 라운지에 가지 않는다. 사람도 많고, 음식도 만족스럽지 않다. 카드 사용자가 많아지면서 라운지 입장을 위해 줄까지 서야한다. 막상 들어가 보면 조용하고 편안하기는커녕 오히려번잡했다. 게다가 카드의 사용 횟수 제한이 생기고, 발급 기준이 까다로워지면서 자연스럽게 카드 사용을 연장하지 않게 되었다.

이제는 커피 한 잔을 사서 출국 게이트 근처 의자에 앉은 채, 큰 유리창 너머 항공기와 여행객들을 바라본다. 멍하니 앉아 이런저런 생각을 하다 보면 기분이 좋아진다. 아마도 여행이 주는 '설렘' 때문일 것이다.

설렘 외에도 묘한 감정이 든다. 2004년 개봉한 영화 〈터미널〉이 있다. 실화를 바탕으로 한 이 영화에서 톰 행크스는 동유럽의 작은 나라 '크로코지아' 출신의 평범한 남자로 나온다. 그가 비행기로 뉴욕 JFK 공항에 오는 동안, 고국에서는 쿠데타가 일어났다. 크로코지아는 일시적으로 '유령 국가'가 되고, 그의 여권은 무용지물이 된다. 고국으로 돌아갈 수도, 뉴욕에 입국할 수도 없는 그는 공항 면세 구역에서 살게 된다. 그렇다면 그는 지금 '미국'에 있는 것일까, 아니면 '크로코지아'에 있는 걸까?

대한민국 출국 심사를 마친 나는 기록상 대한민국에 존재하지 않는다. 하지만 태국에 입국한 것도 아니니, 태국에도 존재하지 않는 셈이다. 대한민국과 태국, 어느 곳에도 속하지 않은 상태가 된다.

시간은 반대로 흐른다. 두 개의 시간 개념이 함께 작동하기 시작한다. 비행기 탑승 시간은 한국 시간이지만 도착 시간은 태국 시간이다. 두 나라의 시간이 '공존'한다.

07

비행, 작은 기대와 현실

비행기를 탈 때면 가끔 그런 상상을 하곤 했다. 옆자리에 앉은 사람과 운명적인 사랑에 빠지는 일. 영화에서나 나올 법한 이야기다. 30대 초반까지는 그런 기대감이 있었다. 실제로 인연이 된 적도 두 번 있었다.

한 번은 어학연수를 위해 한국으로 입국하던 대만인이었다. 당시에는 입국 시 '출입국 신고'를 해야 했다. 승무원이 신고서를 나눠 주었는데, 내게는 영어로 된 것을, 그녀에게는 한글로 된 것을 주었다. 긴 머리에 히피 스타일 차림, 여행으로 인해 까무잡잡해진 피부. 내가 봐도 나는 한국인으로 보이지 않던 시절이었다. 반면에 그녀는 하얀 피부에 누가 봐도 한국 사람처럼 보였다. 우리는 서로 웃으며 신고서를 바꿨고, 자연스럽게 대화를 나누다 연락처까지 교환했다.

하지만 나이가 들면서 로맨스보다 현실적인 기대를 하게 됐다. 이제는 옆자리가 비어 있기를 바라거나, 누군가 앉더라도 덩치가 크지 않고, 체취가 강하지 않길 바란다. 아무래도 내가 덩치가 작은 편이라 팔걸이는 늘 덩치 큰 사람들의 차지가 된다. 한번은 체격이 큰 승객과 나란히 앉은 적이 있었다. 최대한 몸이 닿지 않으려 쭈그린 채 앉아 있었더니, 비행기에서 내릴 때 허리가 휜 듯한 착각이 들었다.

가장 두려운 건 '체취'다. 문화권마다 사람의 체취가 다른데, 때로는 참기 힘들 정도로 강할 때가 있다. 특히 중동 항공사를 이용해 아프리카로 갈 때면, 중동이나 아프리카 승객과 함께 앉는 경우가 많았다. 그들의 체취 때문에 비행시간이 몹시 괴로울 때도 있었다. 그래서 비행기를 탈 때마다 마스크를 챙긴다. 나름 터득한 방법도 있다. 태국에서 산 '야돔'을 비행 내내 코에 꽂고 가는 것이다.

비행기를 탈 때마다 기대하는 '행운'도 있다. 무료 좌석 업

그레이드다. 실제로 세 번 경험했다. 국내 항공사는 아니었고, 모두 해외 항공사들이었다. 두 번의 로맨스보다 많았고, 앞으로도 발생할 가능성이 있으니 이 '행운'은 매번 공항에 갈 때마다 기대하게 된다.

태국행 비행기 운행 시간은 길다면 길고, 짧다면 짧다. 밤 비행기라면 잠을 청하면 되지만, 낮이나 저녁 비행에서는 잠이 오지 않는다. 주로 영화를 보거나 책을 읽는다. 이상하게도 비행기나 기차에서 책을 읽으면 집중이 잘된다. 비행기에도 '백색 소음'이 있는 듯하다. 그래서 여행을 갈 때면 미처 읽지 못한 책을 두세 권 챙긴다.

책이 재미없으면 영화를 본다. 주로 코미디, 액션, 히어로물을 본다. 영화를 보다 보면 기내 방송이 나오면서 화면이 멈추거나, 중간에 졸기도 해서 집중하기 어렵다. 그래서 줄거리를 놓쳐도 부담 없이 볼 수 있는 장르를 선호한다.

기내식 또한 비행의 큰 재미 중 하나다. 평소에 잘 마시지 않는 술도 기내에서는 곧잘 마신다. 기내식에는 '일반식'과 '특별식'이 있다. 특별식은 사전 주문해야 하는데, 승무원이 먼저 와서 주문 내역을 확인한 뒤 일반식보다 먼저 가져다 준다. 먼저 식사할 수 있다는 점과 특별식에 대한 궁금증 때문에 한동안 특별식만 주문한 적이 있었다. 과일식, 저염식, 비건식, 이슬람식 등 다양한 기내식을 경험하고 내린 결론은 하나다.

　일반식이 가장 맛있다.

Chapter II
낭만 여행, 현실 체크인

낭만 속에서 출발한 여행이 현실에 착륙하는 순간,

진짜 여행을 시작하게 된다

낭만과 현실이 공존하는 그 길 위에서,

안전하게 살아남아야 한다

빠른 입국 심사를 위한 노오력!

약 6시간 비행 끝에 태국 수완나품 공항에 도착했다. 작년과 달라진 점이 있었다. 우리나라처럼 터미널이 하나 더 생긴 것이다. 다만, 인천국제공항 제2터미널처럼 독립된 건물이 아닌, 제1터미널의 탑승동과 같은 구조다. 트램을 타고 1터미널로 이동한 뒤 입국 심사를 받아야 한다.

트램에서 내리며 '어디로 가야 빨리 나갈 수 있을까?' 하고 생각했다. 한국에서 방콕으로 가는 비행기들은 대부분 비슷한 시간에 도착한다. 한국에서 많은 비행기들이 저녁에 출발해서 현지 시각으로 대략 밤 10시에서 12시 사이에 도착한다. 게다가 중국발 비행기들도 이 시간대에 몰려 있다.

이 때문에 입국 심사장에서 줄을 잘못 선택하면 한참 기다려야 한다.

최대한 빨리 내려 입국장으로 향한다. 그리고 어느 줄에 설지 살핀다. 구석 쪽 줄이 짧다. 줄을 선 사람들의 구성을 살핀다. 가족인지, 아이가 있는지, 혼자인지 본다. 심사관의 성별도 살핀다. 경험상, 가족 단위 승객은 한 명이 통과하면 나머지는 빠르게 심사가 끝난다. 그리고 심사관에 따라 진행 속도도 다르다. 남성 심사관이 여성보다 빠른 편이다. 아마도 여성 심사관이 더 꼼꼼하게 검사하기 때문일 것이다. 이런 경험을 바탕으로 줄을 선택한다. 별일도 아닌데, 비슷한 시간에 줄을 섰던 사람들보다 조금이라도 빨리 입국 심사를 마치면 괜히 뿌듯해진다.

그런데 오늘은 운이 너무 좋았던 모양이다. 서둘러 입국장을 나왔지만, 짐이 아직 나오지 않았다. 내 짐뿐만 아니라, 아예 수화물 출고 자체가 시작되지 않았다. 10분을 기다린 끝에 첫 짐이 나오기 시작했다. 내 짐은 그로부터 10분을 더 기다려서야 나왔다. 그래도 나쁘지 않았다. 얼른 숙소에 가서 쉬고 싶었다.

숙소는 공항 근처의 저렴한 곳으로 정했다. 하룻밤만 자면 되니 비싼 숙소는 필요 없다. 가격 대비 시설이 좋다. 방콕 공항 근처에는 이런 숙소들이 많다. 셔틀버스를 운행하는 곳도 있지만, 시간 맞추기가 번거로워 택시를 타고 숙소에 간다. 짧은 비행 일정이지만 은근히 피곤하다.

낭만이 가득한 기차 여행

다음 날 저녁 6시, 미리 예약한 기차를 타고 치앙마이로 향했다. 빠이에 가려면 치앙마이에서 미니버스로 갈아타야 한다. 한국에서 빠이로 바로 가는 방법은 없다. 가장 빠른 경로는 한국에서 치앙마이로 가는 비행기를 탄 뒤, 그곳에서 버스를 이용하는 것이다.

빠이는 작은 마을이기 때문에, 차량을 이용해야만 갈 수 있다. 과거 2차 세계대전 당시 일본군이 만든 작은 공항이 있지만, 2019년 이후로 국내선 운영이 중단됐다.

한국에서 치앙마이로 가는 직항 편은 많다. 몇 년 전까지만 해도 대한항공이 독점 운항해 가격이 비쌌지만, 지금은 진에어, 이스타항공, 제주항공, 아시아나항공도 취항하면서 항공권이 훨씬 저렴해졌다. 방콕에서 치앙마이까지 이동하는 비용을 고려하면 큰 차이는 없다. 비수기에는 요금이 더 저렴하기도 하다.

그럼에도 나는 방콕행 비행기를 더 선호한다. 가장 큰 이유는 한국에서는 경험할 수 없는 슬리핑 기차를 타기 위해서다. 치앙마이까지 약 14시간이 걸리고, 요금은 1,000밧(약 40,000원) 정도다. 버스보다 오래 걸리고 비싸지만, 쉽게 경험할 수 없는 기회이기에 기차를 선택한다. 침대에 누워 책을 읽고, 풍경을 감상하며, 간식을 먹는 일에는 나름의 낭만이 있다. 편의점에서 태국에 오면 매일 사 먹는 대용량 요구르트와 과자, 빵, 물 등을 사서 기차에 오른다.

기차는 정시에 출발한다. 창밖을 바라보다 보면 어느새 어두워져 풍경이 보이지 않는다. 이때쯤 차장이 와서 좌석을 침대로 바꿔 준다. 인터넷은 한적한 지역에 들어서면 점점 더 자주 끊긴다. 그러면 미처 읽지 못한 책을 꺼내 읽는다. 집중이 잘되어, 사 놓고 1년 동안 펼쳐보지 않았던 책도 두 시간 만에 다 읽는다.

승무원이 다니며 도시락 주문을 받는다. 내용물에 비해 비싸고, 맛도 별로다. '이번에는 안 사 먹어야지.' 하고 다짐하지만, 밤 12시쯤 되면 배가 고파진다. 결국, 맛은 별로지만 비싼 도시락을 또 한 번 사 먹는다. 한국에서는 쉽게 사 먹지 않을 가격과 맛이지만, 여행 중이기에 약간의 '낭비'를 즐긴다.

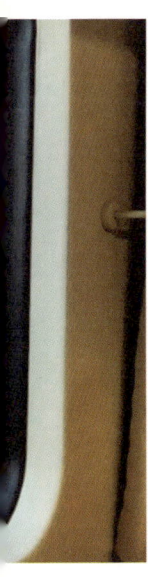

여행을 할 때는 비합리적인 지출도 자연스럽다. 평소라면 망설일 소비도 여행지에서는 가벼운 마음으로 지갑을 연다. 여행은 마음도, 지갑도 쉽게 열리게 만든다.

762개의 커브 길과 멀미

기차가 조금 연착되긴 했지만, 무사히 치앙마이에 도착했다. 빠이로 가려면 치앙마이에서 미니버스를 타고 약 3시간 더 이동해야 한다. 문제는 길이 다소 험하다는 점이다. 포장도로이긴 하지만, 굽이굽이 이어지는 길은 멀미를 일으키기 충분하다. 총 762개의 커브를 지나야 한다.

태국 편의점에서 파는 멀미약은 꼭 챙긴다. 사실상 수면제나 다름없다. 먹으면 바로 잠이 든다. 치앙마이의 막힌 도로를 바라보다 보면, 어느새 자연스럽게 눈이 감긴다.

나는 멀미를 잘 한다. 어릴 때는 차만 타면 멀미를 했고,

성인이 된 뒤에는 많이 나아졌다. 그래도 구불구불한 길에서는 여전히 힘들다. 도로 상태가 나빠 차량이 위아래로 흔들리는 건 견딜 만하다. 아프리카의 울퉁불퉁한 비포장도로를 8시간 달려도 괜찮았던 나지만, 빠이로 가는 길처럼 굽이치는 산길에서는 어김없이 멀미가 난다.

이처럼 꼬불꼬불한 길을 가야 하는 여행지는 자연스럽게 피하게 된다. 그래서 포기한 여행지도 많다. 다시 가고 싶지만, 가는 길이 두려워 다음 기회로 미룬 곳도 있었다. 어쩌면 좋은 추억이 있던 빠이를 다시 찾기까지 10년이 걸린 것도, 멀미의 영향이었는지도 모르겠다.

중간에 휴게소에 들렀다. 여기까지 오면 빠이까지는 약 한 시간이 남는다. 잠을 깨기 위해 아이스크림을 사 먹었다. 시계를 보니 예상 도착 시간을 한참 지나 있었다. 운전 기사에게 물어보니, 치앙마이를 빠져나오는 데 시간이 오래 걸렸다고 한다. 치앙마이도 이제 교통 체증이 심하다. 어딜 가나 차가 많다. 사람들도 늘었다. 한때 너무 사랑했던 곳이지만, 이제는 치앙마이에 잘 가지 않게 된 이유이기도 하다.

치앙마이에서 고요하게 유유자적하던 시절이 그리워진다.

빠이 가는 길도 마찬가지다. 예전보다 차량과 오토바이가 확실히 많아졌다. 왕복 2차로의 좁고 구불구불한 길이라 추월도 쉽지 않다. 오토바이 여행자들을 보며, 언젠가 나도 오토바이로 빠이에 가겠다고 다짐했다. 나에게는 그런 로망이 있다. 오토바이를 타고 자유롭게 여행하는 것.

나는 한국에서 110cc급 오토바이를 탄다. 하지만 힘이 약해 시외 운전 시 불안하다. 차들이 워낙 빠르게 달려서, 옆을 지나가기만 해도 흔들릴 정도다. 여행하려면 최소 125cc급은 되어야 할 것 같다. 산 지 채 1년도 되지 않았지만, 지금 있는 오토바이를 팔고 배기량이 더 큰 모델로 바꾸고 싶다는 생각이 자주 든다. 빠이에 오니 그 마음이 더욱 간절해졌다.

처음이자 마지막이 된 여행지

뱃멀미는 더 심하다. 큰 배는 괜찮지만, 파도의 영향을 많이 받는 작은 쾌속선은 되도록 피한다. 하지만 가고 싶은 마음이 너무 간절해 그 사실을 잊고 탔다가, 결국 후회한 적도 있다.

추자도 여행이 그랬다. 제주도에서 추자도까지는 쾌속선으로 50분 거리다. '조금만 고생하자.'라고 생각하며 탔다. 갈 때는 파도가 잔잔해 괜찮았지만, 문제는 돌아올 때였다. 배가 출발하자마자 불길한 예감이 들었다.

'아, 망했다.'

곧바로 화장실로 뛰어갔다. 이미 다른 칸은 모두 사용 중이었고, 겨우 한 칸만 비어 있었다. 그곳에 들어간 채 제주도에 도착할 때까지 나오지 못했다.

그 순간 마음속으로 결심했다.

'추자도 여행은 이번이 처음이자 마지막이다.'

가난한 여행자의 숙소, 도미토리

졸다가 눈을 뜨니 빠이 시내에 와 있다. 빠이는 작은 동네여서 시내에 있는 숙소들은 걸어서 접근할 수 있다. 시내에서 벗어난 숙소는 셔틀버스를 제공하는 곳도 있지만, 그렇지 않은 곳도 있다. 대중교통이라 부를 만한 것이 없다. 버스는커녕, 도시에서 흔히 볼 수 있는 그랩이나 볼트 같은 택시 호출 서비스조차 없다. 그래서 오토바이가 많을 수밖에 없다.

나는 중심지에서 멀지 않은 숙소를 예약했다. 빠이에 올 때마다 머무르는 곳이다. 시내 중심지에서 걸어서 10분 정도 걸린다.

숙소에 가기 전에 먼저 'Annkami' 식당에서 밥을 먹는다. 빠이에 도착할 때도, 떠날 때도 늘 이곳에서 식사한다. 버스 정류장과 가까워 시간을 보내기 좋다. 여기서는 일본식, 한국식 덮밥을 판다. 하지만 전통적인 일식이나 한식은 아니다. 밥 위에 간단한 고기볶음을 얹어 주는 정도다. 이름만 한국식이나 일본식일 뿐이다. 오히려 일본식 메뉴가 한국인 입맛에 더 가깝다. 한국인에게는 양이 부족하지만, 가격이 저렴해 간단히 배를 채우기에 좋다. 밥과 음료를 먹으며 멀미약으로 흐릿해진 정신을 가다듬는다.

빠이에는 다양한 숙소가 있지만, 특히 방갈로 형태가 인기가 많다. 자연과 함께 지내기에는 좋지만, 며칠 머물다 보면 불편함을 느끼게 되기도 한다. 만족도는 계절과 숙소에 따라 천차만별이다. 날씨가 좋고 관리가 잘 되는 숙소라면 만족도가 높을 것이다.

장기 여행에서 가장 부담이 되는 건 숙소 비용이다. 다행히 나는 어디서든 잘 자는 편이다. 노래방에서도 잘 정도로 주변 소음에 둔감하다. 게다가 배낭여행을 하며 정말 열악한 곳에서도 지낸 경험이 많다. 그래서인지 도미토리에서도 큰 불편 없이 지낸다. 보통 장기 여행 때는 도미토리에서 머물다가 가끔 호텔이나 좋은 시설을 갖춘 숙소를 이용한다.

물론 공용 숙소가 불편한 사람들도 있다. 최근에는 도미토리도 점점 발전하면서, 벙커 침대처럼 어느 정도 개인의 공간이 보장된 형태가 늘고 있다. 각각의 형태에는 장단점이 있다.

가림막 없이 싱글 침대나 이층 침대가 여러 개 놓인 경우, 같은 방을 쓰는 사람들과 자연스럽게 친해질 기회가 많다. 서로 얼굴을 보고 인사하며 대화를 나누는 일이 잦기 때문이다. 반면, 벙커형 도미토리는 이런 기회가 적다. 서로 얼굴을 마주칠 일이 없으니 자연스럽게 대화할 기회도 줄어든다.

도미토리에서는 다양한 사람들을 만날 수 있다. 그만큼 예상치 못한 사건과 사고도 많다.

변태가 되었다

두 번째 배낭여행 때였다. 4인실 도미토리에 묵었는데, 나를 제외한 세 명은 모두 유럽에서 온 여행자였다. 어느 날 밤 10시, 우리 모두 방에 있었고 동시에 잠자리에 들게 되었다. 그런데 다들 너무도 자연스럽게 속옷만 입고 침대에 눕는 것이 아닌가. 남성은 사각 팬티, 여성들은 브래지어에 삼각팬티 차림이었다. 약간 당황했지만, **'도미토리 문화란 이런 건가.'** 싶어 나도 삼각팬티만 입고 잤다.

한밤중, 화장실이 가고 싶어 눈을 떴지만, 어두운 방 안에서 옷을 찾을 수 없었다. 불을 켜면 민폐일 것 같아 그냥 속옷 차림으로 밖으로 나왔다. **'이 시간에 누가 있겠어?'** 하는 생각도 들었다. 그런데 계단을 내려가려는 순간, 아래쪽에서 누군가 올라오는 소리가 들렸다. 한 서양 여성이 브래지어와 속옷만 입은 채 올라오고 있었다.

나도 속옷 차림, 그녀도 속옷 차림.

우리는 서로 눈이 마주쳤다. 순간 머리가 복잡해졌다. 이 상황이 어색한 건지 괜찮은 건지, 도무지 판단이 서지 않았다. 그런데 그녀가 팔로 가슴을 감싸며 말했다.

"Sorry."

그제야 깨달았다. 속옷 차림은 방 안에서는 괜찮아도, 방 밖에서는 다른 문제라는 걸. 나도 뭔가 말을 해야 할 것 같았다. 하지만 너무 당황한 나머지, 엉뚱한 말을 내뱉고 말았다.

"I am fine, thank you."

영어 울렁증이 있던 시절이었다. 머릿속엔 중학교 1학년 영어 교과서 첫 장, 첫 문장이 떠올랐다. 가장 많이 연습했던 그 문장.

"How are you?"

"I am fine. Thank you. And you?"

그 순간, 내가 실수했다는 걸 바로 알아챘다. 하지만 아무런 말을 할 수 없었다. 그녀는 나를 어떻게 생각했을까? 변태라고 생각하지 않았을까? 얼굴이 화끈거렸고, 속으로 끊임없이 자책했다.

"미친놈…."

"너랑은 어렵지만, 애랑은 될 것 같아."

비행기를 타고 밤늦게 인도 콜카타에 도착했다. 늦은 밤 혼자 택시를 타는 건 위험하다는 이야기를 들어, 내심 걱정이 많았다. 다행히 같은 비행기를 탄 한국인 여성이 나와 네덜란드 남성에게 함께 택시를 타자고 제안했다. 저렴한 숙소가 몰려 있는 지역에 도착한 우리는 셋이 함께 숙소를 찾아다녔다.

하지만 시간이 너무 늦어, 방이 남아있는 숙소를 찾지 못했다. 오랜 시간 헤맨 끝에 겨우 방 하나를 구했지만, 문제가 있었다. 더블 침대 하나와 싱글 침대 하나뿐이었다.

네덜란드 친구가 **"너희 한국인들끼리 더블 침대를 써."** 라고 말했다. 하지만 우리는 남녀가 함께 침대를 쓰는 것이 한국 문화에서는 다소 불편하다고 설명하며 난색을 표했다. 그러자 한국인 여성이 **"그럼 같은 남자끼리 써."** 라고 했다. 이번에는 네덜란드 친구가 거절했다. 그는 **"게이 커플이 아니라면, 우리는 동성과 같은 침대를 쓰지 않아."** 라고 말했다.

결국 내가 싱글 침대를 쓰고, 한국인 여성과 네덜란드 남성이 더블 침대를 함께 썼다. 같은 시대를 살고 있어도, 사회문화적 배경에 따라 생각은 이렇게 다를 수 있다는 걸 새삼 깨달았다.

하노이에서 만난 세 여인의 정체

베트남 하노이를 여행할 때의 일이다. 여행 중 프랑스 친구와 호주 친구를 만났고, 우리는 함께 다니고 있었다. 낮에는 각자 여행을 하고 저녁에 모여 시간을 보냈다. 숙소는 항상 도미토리를 이용했다.

하노이에 도착해 숙소를 찾았지만, 세 명이 함께 잘 수 있는 곳이 없었다. 한두 자리씩만 남아 있을 뿐, 세 자리가 비어 있는 숙소는 없었다. 그러다 한 숙소에서 특별한 제안을 했다. 세 명이 쓸 수 있는 방을 도미토리 가격에 주겠다는 것이었다. 원래 20달러 정도 하는 방을 한 사람당 2달러씩, 총 6달러에 이용할 수 있었다.

당연히 우리는 그 제안을 받아들였다. 방은 저렴한 여행자 숙소답게 단출했다. 싱글 침대 세 개와 가운데 작은 침대용 탁자가 전부였다. 나는 가장 안쪽 침대를, 호주 친구는 가운데를, 프랑스 친구는 문 쪽 침대를 쓰기로 했다. **"오늘 운이 좋다."**며 우리는 기분 좋게 잠자리에 들었다.

한밤중에 이상한 기분이 들었다. 누군가 나를 만지는 느낌이 들었다. 꿈이 아니라 현실처럼 생생했다. 눈을 뜰 수는 없었지만, 이상하게도 베트남 전통 의상인 아오자이를 입은 두 여자가 내 침대 양옆에 앉아 내 얼굴을 쓰다듬고 있는 모습이 보였다. 또 다른 여자는 벽에 기대어 서서 그 광경을 불만스러운 표정으로 바라보고 있었다.

나는 **'가위에 눌린 것'**이라고 생각했다. 살면서 한 번도 경험한 적 없었고, 이후에도 없었다. 손가락이나 발가락을 움직이면 가위눌림에서 풀린다는 이야기가 떠올랐다. 필사적으로 움직여보려 했지만, 쉽지 않았다. 1~2분간 몸부림친 끝에 겨우 깨어났다. 현실로 돌아오자 기묘한 기분이 들었다. **'누군가 실제로 나를 만졌기 때문에 이런 꿈을 꾼 것이 아닐까?'**

가장 먼저 의심이 간 사람은 옆 침대에 있던 호주 친구였다. 그가 게이라는 사실이 떠올랐기 때문이다. 혹시 그가 나를 만졌나 싶어 바라봤지만, 그는 깊이 잠든 상태였다. 하지만 혹시 자는 척을 한 걸까? 그럴 가능성도 완전히 배제할 수는 없었다. 그러나 프랑스 친구의 모습을 보고 생각이 바뀌었다. 그는 책을 읽고 있었다. 만약 그런 상황을 봤다면 가만히 있지 않았을 것이다. 프랑스 친구가 그런 행동을 했을 가능성도 없었다. 그는 나와 멀찍이 떨어져 있었고, 게이도 아니었다. 결국, '내가 피곤해서 가위에 눌렸던 것'이라 결론 내리고 다시 잠들었다.

다음 날 아침, 나는 깜짝 놀랐다. 어제는 보지 못했던 그림 하나를 발견하였다. 벽에 초상화가 걸려 있었다. 그림 속에는 아오자이를 입은 젊은 여성 세 명이 그려져 있었다. 배경도, 어떤 활동도 없이 그저 정면을 응시하는 무표정한 얼굴들이었다.

나는 친구들에게 어젯밤 겪은 일을 이야기했다. 친구들도 놀랐다. 우리는 숙소 사장에게 이 이야기를 전했다. 그런데 숙소 사장의 반응이 이상했다. 내 말을 듣고는 피하려는 태도를 보였다. 마치 뭔가 알고 있는 듯한 태도였다.

그 방에 어떤 사연이 있었는지, 왜 그런 그림이 걸려 있었는지는 지금도 모른다. 귀신을 본 적도 없고, 그 존재를 믿지도 않았던 나였지만, 그날 이후 **'어쩌면 귀신이 정말 존재할지도 모른다.'**라는 생각을 하게 되었다.

여행자 필수품, 오토바이

대중교통이 없는 빠이에서는 오토바이가 필수다. 늦은 시간에 도착했더니 대여 가게에 남아 있는 오토바이가 거의 없었다. 물어보니 하루 400밧(약 16,000원) 하는 신형 오토바이만 남아 있었다. 수요가 공급보다 많아서인지, 늦은 저녁에는 오토바이를 빌리기 어렵다.

다음 날 아침, 숙소 앞의 작은 오토바이 대여 가게로 향했다. 매번 이곳에서 빌렸다. 작년에 탔던 오토바이가 눈에 띄었다. 익숙한 오토바이라 반가웠지만, 이미 예약이 되어 있다고 했다. 다른 오토바이는 엔진에 문제가 있어 타지 말라고 한다. 오토바이 대수가 적다 보니 선택의 폭이 좁았다.

결국 어제 갔던 가게로 다시 이동했다. 전날과 달리 오토바이가 많았다. 나는 신형 오토바이를 빌리지 않는다. 작은 스크래치라도 생기면 수리비가 많이 나오기 때문이다. 대여용 오토바이에는 보험이 없어, 작은 사고에도 많은 비용이 든다. 그래서 외관에 흠집이 있어 가게에서 별도 검사를 생략하는, 오래된 오토바이를 선호했다. 타는 데에는 큰 문제가 없다. 마침 그런 오토바이가 있었다. 하루 150밧(약 6,000원). 낯선 길에서는 예상치 못한 손상이 생길 수도 있다. 그런 걱정 없이 탈 수 있는 오토바이가 가장 좋다.

숙소로 돌아오는 길에 경찰이 검문을 하고 있었다. 다행히 나는 헬멧을 착용했고, 국제운전면허증도 있어 무사히 통과했다. 하지만 많은 외국인들이 단속에 걸려 있었다. 헬멧보다는 오토바이 면허를 검사하는 듯했다. 빠이에서는 헬멧을 쓴 태국인 오토바이 운전자를 보기 어렵다.

작년까지는 빠이에서 면허증 검사를 하지 않았다. 하지만 올해부터 단속을 시작한 것 같다. 치앙마이와 푸켓에서는 이미 몇 년 전부터 시행되던 조치다.

10년 전만 해도 치앙마이에서는 국제운전면허증 없이도 오토바이를 빌릴 수 있었다. 교통경찰도 이를 문제 삼지 않았다. 하지만 최근 몇 년 사이, 많은 것이 바뀌었다. 지금은 치앙마이의 오토바이 대여 가게에서도 원동기 면허가 포함된 국제운전면허증을 확인한 뒤에야 오토바이를 빌려준다. 아직 빠이는 면허 확인 없이 오토바이를 빌릴 수 있지만, 머지않아 이곳도 치앙마이처럼 바뀔 것이다.

06

사고는 자만할 때 온다

오토바이 면허를 딴 이유는 오직 여행 때문이었다. 오토바이는 위험하다고 생각했고, 서울에 살다 보니 대중교통과 자동차만 이용했다. 그래서 오토바이의 필요성을 느낄 일이 없었다.

하지만 여행을 다니면서 오토바이를 탈 수 있느냐 없느냐의 차이는 매우 컸다. 이동 범위가 확연히 달라진다. 특히 지방으로 갈수록 대중교통이 부족하거나 아예 없는 곳도 많다. 오토바이를 탈 수 있으면 갈 수 있는 곳이 많아지고, 이동 시간도 단축된다. 시간과 돈을 아낄 수 있을 뿐 아니라, 더 많은 곳을 여유 있게 돌아볼 수 있다.

하지만 그만큼 위험하다. 많은 도로가 포장되어 있지 않고, 신호 체계도 제대로 갖춰져 있지 않은 경우가 많다. 빠르게 달리는 차량이 바로 옆을 지나가며 몸이 휘청거릴 때도 있었다. 무엇보다 사고가 나면 보험 처리가 어렵고, 수리비나 치료비 부담도 크다. 여행 중에는 사고 현장을 목격하거나, 사고로 깁스를 한 여행자를 마주치는 일도 흔하다.

나 역시 오토바이 사고를 겪은 적이 있다.

예상하지 못한 사고

치앙마이에 장기 체류할 때였다. 오토바이 면허증을 따고 처음으로 해외에서 오토바이를 빌렸다. 타다 보니, 어느 정도 자신감이 생겼다.

그러던 어느 날, 도로를 달리다가 갑자기 중심을 잃고 넘어졌다. 속도를 내거나 무리하게 운전한 것도 아니었다. 편도 4차선 도로였고, 신호등도 없어 차량들이 빠르게 달리는 구간이었다. 넘어지는 순간 머릿속을 스친 생각은 단 하나였다.

'제발 뒤에 따라오는 차가 없기를.'

운이 좋았다. 뒤따라오던 차량은 없었다. 넘어진 모습을 본 한 오토바이 운전자가 잠시 도로를 막아 주었고, 덕분에 나는 오토바이를 안전하게 옆으로 뺄 수 있었다.

오른쪽 다리와 팔에 찰과상을 입었지만, 깁스를 하거나 입원할 정도로 심각한 부상은 아니었다. 그럼에도 이 사고로 한 달 넘게 제대로 걷지 못했다.

아마 도로 위의 작은 돌을 밟았거나, 홈에 걸려 넘어진 것 같았다. 큰 부상을 피한 것은 다행이었다. 오토바이 수리비도 바가지를 쓰지 않고, 실비만 배상했다. 예상보다 큰 비용은 들지 않았다. 이 사고를 겪은 후, 나는 더욱 조심해서 오토바이를 운전하게 되었다.

교통사고 말고도 여행을 하다 보면 크고 작은 사건이 발생한다. 대부분의 사고는 초보일 때보다, 여행이 익숙해졌을 때 더 자주 일어난다. 여행에 익숙해질수록 마음이 느슨해지기 때문이다.

히말라야 '신'이 노하다

히말라야 안나푸르나 베이스캠프(ABC)는 일반 여행자가 도달할 수 있는 최대한의 지점이며, 전문 산악인들은 이곳에서 정상 등반을 준비한다. 당시 나는 학생 신분이었기에 최소한의 비용으로 산을 오르기로 했다. 대부분 가이드나 짐을 나르는 포터를 고용하지만, 안나푸르나는 비교적 안전하고 사람들이 많이 오르내리는 루트여서 홀로 오르는 이들도 많다. 나 역시 홀로 등반을 결심했다.

일정은 4박 5일이었다. 3일간 산을 오르고 내려 베이스캠프에 도착했다. 중간중간 여행자가 밥 먹고 잠을 잘 수 있는 롯지(Lodge)가 있었다. 베이스캠프에도 롯지가 있었다. 어떤 사람은 캠프에서 하룻밤을 묵고, 어떤 사람은 도착하자마자 내려간다. 나는 사진만 몇 장 찍고 바로 내려오기로 마음먹었다. 숙소에서 다음 날 일정을 준비하며 DSLR 카메라를 점검했다. 주변 풍경을 찍었다. 풍경은 말로 형용하기 어려울 만큼 아름다웠고, 사진이나 영상으로는 담기지 않는 장관이었다.

셔터를 몇 번 눌러보던 중, 갑자기 카메라가 멈췄다. 셔터를 누르면 조리개가 열리고 닫혀야 하는데, 열린 채로 멈춰버린 것이다. 다음 날의 풍경을 담기 위해 무거운 카메라를 가져왔건만, 하필이면 전날 밤에 고장이 나버렸다. 어떻게든 고쳐보려 했지만 조리개는 원래대로 돌아오지 않았다. 결국 포기하고 잠자리에 들었다.

이튿날 이른 아침, 숙소를 나섰다. 베이스캠프에 도달하기 전 마지막 롯지에서 아침 식사를 했다. 그 지점부터는 온통 눈으로 덮여 있었다. 문제는 내가 등산화가 아닌 운동화를 신고 있었다는 점이었다. 눈 덮인 산은 처음이어서 등산화의 중요성을 알지 못했다. 전날까진 눈이 없어 문제가 되지 않았지만, 이 구간부터는 사정이 달랐다. 지나가던 한 한국인 등산객이 나를 보고 말했다.

"산을 너무 우습게 본 거 아니에요?"

그의 말처럼, 나는 너무 안일하게 생각하고 산을 올랐다.

어쨌든 눈길을 걷고 발이 젖은 채 베이스캠프에 도착했다. 눈앞에 펼쳐진 경이로운 풍경은 어떤 사진으로도 담기지 않을 만큼 압도적이었다. 커피와 간단한 음식을 먹고 계산하려던 순간, 돈이 없다는 걸 깨달았다. 아침을 먹었던 롯지에서 계산한 뒤, 돈을 넣어둔 봉투를 식탁 위에 그대로 두고 나온 것이었다. 가진 달러를 현지 화폐로 환전했다. 환율은 터무니없이 나빴지만 어쩔 수 없었다. 하산 길에 아침에 머물렀던 롯지에 들러 봉투를 봤는지 물었지만, 예상대로 본 적 없다고 했다.

숙소로 내려가는 길, 한두 팀이 나를 지나쳐 올라갔다. 하늘이 점점 어두워지더니 비가 내리기 시작했다. 어느 순간부터 주위에 사람이 보이지 않았다. 그때, 반대편 산 쪽으로 짐을 든 포터 두 명이 오르고 있었다.

'저쪽으로 가는 길이 있었나?' 하는 생각이 들었다. 비는 점점 거세졌고, 빗물은 산을 따라 흘러내려 내가 지나가는 길 곳곳에 작은 물줄기를 만들었다. 문제는 중간중간 얼음이 깔려있다는 것이었다. 나는 얼음을 조심스럽게 밟으며 걷다가 한 발을 뗐는데, 그 순간, 커다란 얼음 덩어리가 무너져 아래로 떨어졌다. 아찔했다. 뒤를 돌아보니 내가 걸어온 길에는 굵은 물줄기가 흐르고 있었다. 간신히 사고를 피한 셈이었다.

이상했다. 분명히 아침에 지나왔던 길이다. 그런데 다시 보니 사람이 다닐 수 있을까 싶을 정도로 위험해 보였다. 숙소가 가까워졌고, 아침에 지나왔던 갈림길이 나타났다. 왼쪽과 오른쪽, 두 갈래 길이었는데, 내가 지나온 길에는 'X' 모양으로 나무 두 개가 놓여 있었다. 누가 봐도 '이 길로 가지 말라'는 표시였다. 나중에서야 알게 된 사실이지만, 이 길은 아침엔 낮은 온도로 얼음이 단단히 얼어 있어 통행이 가능하다. 하지만 낮 동안 햇볕을 받아 얼음이 녹기 때문에 오후에는 위험해져 다른 길로 우회해야 한다고 했다. 나는 이 사실을 몰랐다.

숙소에 도착했지만, 기분은 편치 않았다. 이곳을 빨리 벗어나고 싶다는 생각뿐이었다. 숙소 안으로 들어서자, 롯지 주인인 두 남자가 서로 껴안고 있는 모습이 눈에 들어왔다. 더 빨리 떠나고 싶어졌다.

다음 롯지까지는 한 시간 정도 거리였다. 문을 닫기 전에 도착해야 했기에 서둘러 길을 나섰다. 산의 낮은 매우 짧다. 그런데 또 다른 장애물이 기다리고 있었다. 비 때문에 길이 폭포처럼 변해 있었던 것이다. 마침 맞은편에 서양 남자 한 명이 서 있었다. 나처럼 길을 건너지 못해 발이 묶인 상태였다.

우리는 어떻게 건널 수 있을지 함께 고민했다. 그는 위쪽의 바위와 바위 사이를 건너자고 했다. 긴 다리를 이용해 무사히 건넌 그는 그대로 사라졌다. 하지만 나처럼 다리가 짧은 사람에게는 불가능해 보였다.

아래쪽을 보니 물줄기가 여러 갈래로 갈라져 있었다. 건널 수 있을 것 같기도 했다. 문제는 거기까지 내려갔다가 다시 올라와야 한다는 점이었다. 최대한 경사가 완만한 지점을 찾아 조심스럽게 내려갔다. 무거운 배낭을 멘 채, 절벽 같은 바위를 기어올랐다. 풀을 붙잡고 오르는 모습이 마치 영화 〈클리프행어〉의 한 장면 같았다. 그렇게 해서 겨우 그곳에서 빠져나올 수 있었다.

마침내 목적지인 롯지에 도착했다. 흠뻑 젖었지만 안도의 숨이 절로 나왔다. 방 안에 들어가 가방을 내려놓고 잠시 숨을 돌렸다. 그때, 카메라 가방에서 '찰칵' 소리가 났다. 고장

났던 카메라의 조리개가 저절로 닫히며 정상 작동한 것이다.

정말 기이한 하루였다. 돌이켜보면, 아침에 잃어버린 돈은 히말라야 신에게 바친 제물이나 다름없었다. 그 대가로 나는 목숨을 건진 거라고 생각했다. '산'을 우습게 여긴 값은 혹독했다.

길거리에 버려지다

처음 태국에 왔을 때였다. 두 번째 배낭여행이었고, 이미 터키 · 호주 · 뉴질랜드를 다녀오며 어느 정도 자신감이 생긴 상태였다.

하루는 평소처럼 펍에 가서 술을 마셨다. 나처럼 여행 온 사람들과 이런저런 이야기를 나누었고, 그중 한 명과 유독 긴 대화를 나누게 되었다. 그는 자신을 파키스탄에서 온 여행자라고 소개했다.

시간이 늦어 숙소로 가려던 참에, 그도 숙소에 가야 한다며 함께 가자고 했다. 가던 중 배가 고프다며 나에게 햄버거를 사주겠다고 했다. 나는 사양했지만, 그는 편의점에 들어가 햄버거 두 개를 사와 하나를 내밀었다. 나는 다시 거절했지만, 그는 **"우리 문화에서는 친구가 건네는 걸 거절하는 건 예의가 아니야."**라고 말했다.

결국 그의 호의를 거절하지 못하고, 예의상 햄버거를 조금 먹었다. 그리고 숙소로 향하려고 일어섰다. 그는 같은 방향이라며 나를 따라왔다. 그런데 갑자기 극심한 졸음이 몰려왔다. 길가에 기대어 잠시 눈을 감았다.

10분쯤 지났을까. '이러면 안 된다'는 생각이 번쩍 들었다. 정신을 차리고 숙소로 가겠다고 말하자, 그는 알겠다며 반대 방향으로 사라졌다.

하지만 숙소로 향하는 길이 이상했다. 정신이 어지러웠고, 발이 꼬였으며, 길을 제대로 걸을 수 없었다. 마침 도로에서 단속 중이던 경찰관들이 다가와 "괜찮냐?"고 물었다. 나는 어지럽고 정신이 혼미한 상태에서 그들을 밀쳐 냈다. 그러자 경찰은 나를 붙잡아 순찰차에 태웠다.

다음 날, 눈을 뜨니 경찰서 유치장이었다. 전날의 기억이 서서히 떠올랐다. 나는 어지러움 속에서 울고 소리를 지르며 난동을 부렸다. 지금도 그 순간을 떠올리면 쥐구멍에라도 숨고 싶다. '내가 무슨 짓을 한 거지?' 부끄러움이 밀려왔다. 불안하게 걷던 나를 경찰이 보호해준 것이었다. 정신이 들자 경찰은 유치장에서 나를 풀어주며 한 장의 서류에 서명하라고 했다. 서명을 마치자 '자유의 몸'이 되었다.

숙소로 가기 위해 버스 정류장으로 향했다. 지갑을 열자, 신용카드가 없다는 것을 깨달았다. 그제야 모든 상황이 이해됐다. 서둘러 집으로 전화를 걸었다. 아버지에게 부탁해 카드 사용 정지를 요청했다. 그리고 PC방에서 카드 사용 내역을 확인했다. 500만 원 상당의 결제 내역이 떠 있었다. 그 순간에도 그는 내 카드를 사용하고 있었다. 두 번의 결제 시도가 실패하자, 그제야 사용을 멈췄다. 다행히 아버지를 통해 카드사에서 부정 사용 금액을 보상받을 수 있다는 이야기를 들었다. 게다가 현금은 숙소에 두고 나왔기 때문에, 물질적인 피해는 크지 않았다.

지금 생각해도 아찔하다. 만약 그가 단순한 좀도둑이 아니라 더 위험한 사람이었다면? 내가 남자가 아니라 여자였다면? 상상만 해도 끔찍하다. 그나마 피해가 적어 정말 다행이었다. 이 일을 겪은 이후로 나는 절대로 낯선 사람이 주는 음식이나 음료를 먹지 않는다. 그리고 위험하다고 느껴지는 상황에는 절대 발을 들이지 않는다.

여행 경험이 적고 두려움이 많을 때는 오히려 조심하게 된다. 남들이 하지 말라는 행동을 피하게 마련이다. 하지만 여행이 익숙해지고 자신감이 붙으면 경계심이 흐려진다.

'여행이 뭐 별거야? 여기도 사람 사는 곳이잖아.'

이런 생각이 들며 남들이 가지 않는 곳을 가고, 하지 말라는 일을 시도하게 된다. 그리고 '사건 사고'가 발생한다. 그래서 여행이 익숙해질수록 조심, 또 조심해야 한다. 하지만 그게 말처럼 쉽진 않다. 사고는 언제든, 누구에게나 발생할 수 있다. 때로는 내 의지와는 상관없이 찾아오기도 한다.

07

여행자보험,
선택이 아닌 필수

그래서 꼭 '여행자보험'에 가입해야 한다. 가끔 여행자보험이 불필요하다고 말하는 사람들도 있다.

"사고 날 일도 없는데 괜히 돈만 버리는 거 아냐?"

하지만 해외에서 사고가 발생하면, 한국과는 비교할 수 없을 정도로 거액의 의료비가 청구된다. 한국에서는 국민건강보험 덕분에 병원비 부담이 적고, 실손 보험까지 가입했다면 그 부담은 더욱 줄어든다. 그러나 해외에서는 모든 치료비를 자비로 부담해야 한다.

이 때문에 나는 해외여행을 떠날 때 반드시 여행자보험에 가입한다. 보장 내역도 꼼꼼히 확인하며, 해외 상해·질병 치료비 보장은 최소 5천만 원 이상으로 설정한다. 외국에서 입원할 정도의 사고를 당하면, 수천만 원의 병원비가 나오는 경우도 적지 않기 때문이다.

여행자보험은 물건을 분실하거나 도난당했을 때도 유용하다. 대부분 물품 도난 보상 항목이 포함되어 있다. 여권, 휴대폰, 노트북 등 전자기기를 분실했을 경우에 보상이 가능하다. 예전에 80만 원 상당의 카메라를 도난당한 적이 있다. 당시 분실 보장 한도는 100만 원이었지만, 개별 물품당 보장 한도가 30만 원으로 설정되어 있어 전액 보상은 받지 못하고 30만 원만 돌려받았다.

따라서 보험에 가입할 때는 전체 보장 금액뿐 아니라 개별 물품당 보장 한도도 반드시 확인해야 한다. 대부분의 경우 개별 한도는 최대 30만 원이며, 통상적으로는 20만 원 수준이다.

최근에는 항공편 지연으로 인한 보상도 많아지고 있다. 나 역시 저비용 항공사를 이용했을 때, 6시간 이상 출발하지 못한 경험이 있었고, 일부 보상을 받을 수 있었다. 일반적으로 출발이 4시간 이상 지연될 경우, 정규 출발 시간 이후 공항에서 구입한 음식이나 음료가 보상 대상이 된다. 만약 항공편 지연으로 인해 숙박이 필요해질 경우, 숙박비는 물론 공항과 숙소 간 교통비까지도 지원된다.

패키지여행을 이용하는 사람들에게도 별도의 여행자보험 가입을 권한다. 여행사가 제공하는 기본 보험은 보장 금액이 매우 낮은 경우가 많다.

따라서 보장 항목과 금액을 꼼꼼히 확인한 후, 필요한 부분을 충분히 설정해 가입하는 것이 중요하다. 보장을 넉넉히 설정하더라도 보험료 차이는 크지 않다. 몇천 원에서 몇만 원 수준이다. 여행자보험에 들어가는 비용을 아끼지 않는 것이 좋다.

Chapter III
여행자의 천국

'빠이'는 인구 3천 명 남짓의 작은 마을이다

그럼에도 매년 수만 명의 여행자가 이곳을 찾는다

그들은 왜 이 작은 마을, '빠이'를 찾는 걸까?

소소한 일상

아침에 눈을 뜨면 물 한 잔과 바나나로 가볍게 식사한다. 요가원이나 무에타이 체육관으로 곧장 향한다. 운동을 마치고 나서 아침 겸 점심을 먹는다. 숙소로 돌아와 샤워를 마치면 어느새 오전 11시. 그 후 한 시간가량 낮잠을 잔다. 가뿐해진 몸을 이끌고 카페로 향한다.

걷기에도 빠이의 한낮은 제법 덥다. 커피를 마시며 여유를 즐기거나 일을 한다. 기분에 따라 향하는 카페도 달라진다. 빠이의 대부분 카페는 저마다 독특한 분위기를 지니고 있다. 더운 나라의 특성답게 창문이 없고, 탁 트인 풍경을 감상할 수 있는 곳이 많다. 나는 가끔 노트북을 들고 일을 하러 카페에 가고, 때로는 그저 쉬고 싶어 찾아가기도 한다.

시내에는 조용하고 일하기 좋은 카페가 몇 군데 있다. 그곳에서는 나처럼 노트북을 펼쳐놓고 일하는 사람들이 자주 눈에 띈다. 시내에서 조금만 벗어나면 논밭을 바라보며 여유를 즐길 수 있는 카페들도 많다. 아름다운 풍경은 그저 바라보는 것만으로도 마음을 편안하게 해준다.

어떤 이는 책을 읽고, 어떤 이는 선선한 바람을 맞으며 낮잠을 즐긴다. 멋진 자연 속에서 다양한 피부색의 사람들이 함께 어우러진 풍경은 그 자체로 이국적인 분위기를 자아낸다.

시내 한가운데에는 작은 강이 흐른다. 강가에서는 캠핑을 하거나 책을 읽으며 일광욕을 즐기는 사람들을 쉽게 볼 수 있다. 어떤 이는 맥주를 마시고, 어떤 이는 음악을 들으며, 저마다의 방식으로 여유를 만끽한다.

나는 강한 햇빛을 피해 오후 4시쯤 이곳을 찾는다. 낮의 빠이도 충분히 한적하지만, 강가의 시간은 더욱 깊고 조용하다. 이곳에서 명상을 하며 생각을 정리하거나, 때때로 글을 쓰며 시간을 보낸다.

저녁이 되면 야시장으로 향한다. 거리에는 다양한 노점이 들어서고, 식당에서 저녁을 먹을 때도 있지만 주로 노점에서 이것저것 사 먹는다. 조용하고 한적했던 낮의 빠이는 밤이 되면 여행객들로 북적인다.

각자의 공간에서 하루를 보내던 사람들이 자연스럽게 이곳으로 모인다. 거리를 걷다 보면 무에타이 체육관이나 요가원에서 마주쳤던 친구들과도 만나게 된다. 며칠째 계속 보던 여행객도 있다. 그러다 어느 날 그가 보이지 않으면, '이제 빠이를 떠났구나!' 하고 생각한다.

노점에서 음식을 파는 사람들, 거리에서 공연하는 예술가들, 그림을 판매하는 화가들, 자유분방한 옷차림의 여행자들. 이 작은 거리에는 밤이 되면 다채로운 얼굴들이 모여든다.

마지막으로 향하는 곳은 찻집이다. 'Malamong Art Cafe'. 나는 매일 이곳을 찾는다. 좋아하는 자리도 정해져 있다. 차를 끓이는 항아리 옆, 녹색 의자. 그곳에 앉아 지나가는 사람들을 구경하거나, 조용히 사색에 잠긴다. 때로는 메모를 하고, 때로는 눈을 감고 쉰다. 하루를 마무리하는 공간이다. 나는 이곳을 사랑한다. 내가 빠이를 그리워하는 이유의 절반은, 아마 이곳 때문일 것이다.

찻집 안쪽에도 공간이 있다. 이곳에는 다양한 사람들이 오간다. 대화를 나누는 이들, 악기를 연주하는 이들, 무언가를 만들고 있는 이들. 각자의 방식으로 시간을 보내는 사람들이다.

한 번은 한국인 여행자들이 찾아왔다. 단기 여행자와는 다른, 오랜 여행에서 묻어나는 특유의 분위기가 느껴졌다. 나는 자연스럽게 그들의 대화를 듣게 되었다. 빠이에서 처음 만난 사람들이었다. 각자의 여행 경험과 앞으로의 계획을 나누는 모습에, 문득 나의 첫 빠이 여행이 떠올랐다. 빠이에 처음 왔을 때 나도 한국인 일행이 있었다. 그들과 정말 신나게 놀았었다. 그 속에서 잊지 못할 로맨스도 있었다. 내 인생에서 가장 기억에 남는 여행 중 하나였다.

여행의 좋은 점 중 하나는 처음 만나는 사람들과도 쉽게 어울릴 수 있다는 것이다. 이름도, 과거도 기억나지 않는 사람들과 함께 찍은 사진들이 있다. 그들은 지금 어디에서, 무엇을 하며 지내고 있을까? 그들을 잊었지만, 사진 속 그 순

간은 여전히 마음 한편에 남아 있다. 그 사진 속에서, 조금
은 어려 보이는 나를 발견하는 것은 덤이다.

소소한 동네 여행

시내의 여행사에서는 몇 가지 투어 프로그램을 운영한다. 종류는 많지 않다. 하루는 빠이의 유명 장소들을 둘러보는 일일 투어를 신청했다. 전일 투어와 반나절 투어로 나뉘는 데, 온천 방문과 입장료 포함 여부에 따라 가격이 달라진다. 전일 투어는 1인당 600밧(약 24,000원)이다. 단체로 예약하면 할인받을 수 있지만, 나는 혼자여서 그냥 다 냈다. 홀로 여행객은 가끔 외롭다.

아침 9시에 투어가 시작됐다. 대부분 일행과 함께한 여행객들이었다. 나와 호주에서 온 남성만 혼자 여행 중이었다.

자연스럽게 우리는 일정 내내 짝이 되어 서로의 사진을 찍어 주며 동행했다.

첫 방문지는 시내에서 멀지 않은 '하얀 부처상(White Buddha)'이었다. 특별한 볼거리는 없었지만, 산 중턱에 위치해 있어 빠이 시내가 한눈에 들어왔다.

다음은 '싸이감(Saingam)' 온천이었다. 빠이 북쪽으로 약 20분 이동했다. 오토바이를 타고 가려면 비포장도로를 한동안 달려야 한다. 그래서 오토바이를 아주 잘 타는 사람이 아니라면 투어를 이용하는 것이 낫다. 온천수는 아주 뜨겁지는 않았지만, 적당한 온도를 유지하고 있었다. 후기에서 **"들어가면 따뜻하고 나오면 춥다."**라는 말을 봤는데, 정말 그랬다. 이곳에서 약 한 시간의 자유 시간이 주어졌다. 들어가고 싶었지만, 갈아입을 옷이 없었다. 대신 발만 담그고 멍하니 앉아 있었다. 사방이 온통 푸른빛으로 둘러싸여 있었다. 그래서인지 가만히 앉아 있기만 해도 피로가 풀리는 듯했다. 여기서 간단히 점심을 먹은 뒤, 다음 장소로 이동했다.

세 번째 방문지는 '중국인 마을'이었다. '싼티찻 마을 (Santichon Village)'이라고도 불린다. 이곳은 국공내전 (1945~1949) 이후 태국으로 이주한 국민당 잔류 세력과 그 후손들이 정착한 곳이다. 마을 입구에는 전망대가 있어, 빠이의 전경을 한눈에 감상할 수 있었다. 마을은 중국풍으로 꾸며져 있었고, 중국 전통 의상을 빌려 입고 사진을 찍을 수도 있었다. 마을 전체가 깨끗하고 정돈된 분위기였다.

사람이 직접 밀어주는 독특한 놀이기구가 눈길을 끌었다. 어릴 때 탔던 놀이기구와 비슷해 흥미로웠다. 어린 시절, 일요일이면 한 할아버지가 리어카에 작은 관람차를 싣고 동네에 왔다. 동네 아이들은 그 관람차를 타기 위해 매주 일요일 할아버지를 기다렸다. 오랜만에 그때의 기억이 떠올라 잠시 추억에 잠겼다.

다음 목적지는 'Coffee in Love' 카페였다. 탁 트인 전망이 매력적인 이 카페는 입구에 있는 'I am Pai' 조형물 덕분에 더욱 유명하다. 하지만 기대에는 미치지 못했다. 더운 낮에 보는 전경은 평범했다. 투어 일정에는 'I Love U Pai' 카페 방문도 포함되어 있었지만, 운전기사는 "같은 전망이니 생략하자."라고 제안했다. 지나가면서 보니, 운전기사의 선택이 옳았다는 생각이 들었다.

그리고 도착한 곳은 '팜복 폭포'였다. 하지만 특별히 인상적인 장면은 없었다. 아마도 다음 일정인 '대나무 다리(Bamboo Bridge)'와 가까워 투어 코스에 포함된 듯했다. 투어 비용에 입장료가 포함돼 있어서 따로 지불하진 않았다. 하지만 입구에 적힌 요금을 보니 직접 돈을 내고 들어왔다면, 아쉬웠을 것 같다.

이곳에서 호주 친구와 서로 사진을 찍어 주었다. 폭포를 배경으로 사진을 찍으려면 카메라 각도를 아래로 조정해야 했다. 그래야 다리가 길어 보이고, 폭포도 배경으로 잘 살았다. 하지만 그가 찍어 준 내 사진은 충격적이었다. 원래 짧은 다리가 더 짧아 보였다. 반면, 내가 찍어 준 그의 사진은 달랐다. 긴 다리는 더 길어졌고, 밋밋한 폭포는 마치 나이아가라 폭포처럼 웅장해 보였다. 그는 매우 흡족해했다. 사진 찍는 방법을 알려 주고 다시 찍도록 했다. 만족할 만한 수준은 아니었지만, 처음 사진보다는 나았다. 그 정도에서 만족하기로 했다. 역시 사진은 한국인이 잘 찍는다. 일행 중에 한국인이 없어서 아쉬웠다.

'대나무 다리(Bamboo Bridge)'는 기대 이상으로 인상적이었다. 길이는 약 800미터였지만, 체감으로는 더 길게 느껴졌다. 걸을 때마다 사각사각 소리가 나는데, 은근히 중독성 있는 소리였다. 곳곳에 사진을 찍을 수 있는 장소도 따로 마련되어 있었다. 하지만 얼마 가지 않아 걷는 것을 그만두었다. 날씨가 너무 무더웠다. 오후 4시가 넘었는데도 해가 강하게 내리쬐었다.

마지막 방문지는 '빠이 협곡(Pai Canyon)'이었다. 이곳은 석양이 아름다운 곳으로 잘 알려져 있다. 독특한 형태로 깎인 협곡은 인상적이었고, 주변에는 안전장치가 전혀 없어 다소 위험해 보이기도 했다.

석양을 보기 위해 많은 사람들이 이곳에 모였다. 좋은 자리는 이미 사람들로 가득 차 있었다. 해가 천천히 지기 시작했고, 붉게 물든 하늘이 협곡을 비추자 장면은 마치 한 폭의 그림처럼 펼쳐졌다.

홀로 여행자가 피자를 먹는 방법

투어를 마친 뒤, 호주 친구와 함께 저녁을 먹었다. 저녁으로 피자와 파스타를 함께 나눴다. 일부러 혼자 먹기 어려운 피자를 저녁 메뉴로 선택했다. 혼자 여행을 하면 좋은 점도 있지만 불편한 점도 있다. 가장 큰 장점은 내가 원하는 곳에, 내가 원하는 때에, 원하는 방식으로 움직일 수 있다는 것이다.

반면, 가장 큰 단점은 '식사'다. 음식은 혼자서 먹기 좋은 것도 있지만, 몇 명이 함께 주문해야 하는 것도 있다. 먹고 싶은 음식을 혼자라서 못 먹을 때가 가장 아쉽다. 이럴 때 '투어'에서 만난 사람들이 좋은 동료가 된다. 가끔은 일부러 투어에 참가한다. 그러면 꼭 나처럼 홀로 여행하는 사람이 있다. 설령 없더라도 한국인이 있기 마련이다. 짧은 인연을 핑계 삼아 저녁 식사를 제안한다. 그렇게 원하는 음식을 함께 즐긴다.

Paina Paita Home

시내에서 치앙마이 방향으로 오토바이를 타고 10분 정도 달리면 도착할 수 있는 곳이다. 거리가 멀지 않아 부담 없이 방문할 수 있는 곳이기도 하다. 구글 지도에는 숙소로만 표시되어 있지만, 카페 겸 식당도 함께 운영하고 있다.

이곳을 찾게 된 계기는 외관에 그려진 독특한 고양이 그림 때문이었다. 그림에 이끌려 들어간 내부는 전체적으로 개성 넘치는 분위기를 자아낸다. 커다란 개 한 마리도 함께 지내고 있는데, 연신 꼬리를 흔드는 모습이 무척 귀엽다.

조식 메뉴와 커피를 맛본 뒤, 이곳이 단번에 마음에 들었다. 가격은 200밧(약 8,000원)으로 빠이 물가를 고려하면 다소 비싼 편이지만, 음식을 다 먹고 나니 전혀 아깝지 않다는 생각이 들었다. 사장님이 추천해 주신 계란 요리를 주문했는데, 단맛과 짠맛이 절묘하게 어우러지는 독특한 맛이었다. 빵과 수제 잼도 함께 나왔는데, 감탄이 나올 정도로 맛있었다. 구글 숙소 리뷰에서 '조식이 훌륭하다.'라는 평이 많았는데, 실제로 그렇다고 느꼈다. 함께 나온 커피 역시 기대 이상이었다.

사장님이 제주도에 가본 적이 있다고 하셔서 놀랐다. 태국에서는 서울, 부산, 춘천의 남이섬 정도가 잘 알려져 있는데, 제주도를 아는 태국인을 만난 건 처음이었다. 알고 보니 한국인 친구의 초청으로 제주를 방문한 적이 있다고 한다.

이곳에서는 가끔 요가 강사를 초청해 요가 수업도 진행된다고 한다. 이국적인 분위기를 좋아한다면, 이곳에서의 숙박도 좋은 선택이 될 것이다.

Two sisters Restaurant

강 건너편에 있는 식당이다. 빠이에서 워낙 유명한 곳이라 한 번쯤 가보고 싶었지만, 두 번이나 허탕을 치고 세 번째 방문에서야 겨우 식사할 수 있었다. 이곳은 비프 카레로 잘 알려져 있지만, 내가 갔을 땐 이미 모두 소진되어 버섯 카레를 주문했다. 직접 맛보니, 왜 이곳이 유명한지 알 수 있었다. 너무 맛있어서 밥을 한 그릇 더 시켜 먹었다. 이후에도 몇 차례 더 방문해 다양한 메뉴를 주문했는데, 모든 음식이 훌륭했다.

가게 이름이 '투 시스터즈(Two Sisters)'라 처음엔 자매가 운영하는 줄 알았다. 알고 보니 딸 둘을 둔 아버지가 가족과 함께 운영하는 곳이었다. 가족들 모두가 무척 친절했다.

식사를 마치고 나와 보니, 맞은편에 세워둔 오토바이 좌석이 천으로 덮여 있었다. 뜨거운 햇볕에 달아오르지 않도록 미리 덮어둔 것이었다. 사소하지만 따뜻한 배려에 이곳이 더 좋아졌다.

요가,
나의 몸에 집중할 수 있는 시간

빠이는 북부 산악 지대에 있어 아침저녁으로 기온이 낮다. 특히 아침에는 18도 정도로 쌀쌀하다. 요가 수업을 들을 때는 짧은 반바지와 민소매 위에 후드티를 걸쳐 입는다.

빠이는 발리만큼 요가원이 많지는 않지만, 수업의 수준은 꽤 높다. 나는 개인적으로 빠이의 요가원이 더 좋다. 발리에는 다양한 요가 수업이 있고 수준도 높다. 하지만 때때로 상업적인 분위기가 강하게 느껴진다. 방문객이 많아 운영은 체계적이지만, 그만큼 붐비고 바쁘게 돌아간다. 그래서 자연 속에서 요가를 하며 여유를 느끼고 싶은 마음이 살짝 부족하게 느껴질 때가 있다.

반면 빠이의 요가원은 적당한 인원이 함께 수업을 듣고, 강사와도 자연스럽게 대화를 나눌 수 있다. 작은 마을이다 보니 길에서도 강사나 수강생들과 종종 마주치고, 그럴 때면 가볍게 인사를 나누거나 한두 마디 말을 주고받는다. 나는 이런 여유로운 분위기가 좋다.

Bodhi Tree Yoga Pai

빠이에서 가장 잘 알려진 요가원이다. 시내에 위치해 접근성이 뛰어나며, 건강식을 판매하는 식당도 함께 운영하고 있어 항상 사람들로 붐빈다. 가끔 늦게 도착하면 정원이 이미 차서 수업에 참여하지 못하는 경우도 있다. 단점이라면, 요가 매트 간의 간격이 다소 좁다는 점이다. 그러나 수업에 집중하는 데 큰 불편은 없다. 이곳에서는 현지인 강사와 외국인 강사가 번갈아 가며 수업을 진행한다.

Janym Vegan Restaurant & Yoga Studio Pai

최근에 오픈한 곳이라 시설이 깨끗하다. 1층은 식당, 2층은 요가 스튜디오로 운영된다. 요가 수업료는 1층 식당에서 결제하며, 작은 돌을 건네받는다. 이 돌을 강사에게 전달하고 수업에 참여하는 구조이다.

아직 많이 알려지지 않아, 여유로운 분위기 속에서 수준 높은 수업을 들을 수 있다. 에어컨이 있는 실내 공간이라 무더운 날이나 비 오는 날에도 쾌적하게 참여할 수 있는 장점이 있다. 이곳에서는 소규모 공연도 자주 열린다. 잘 활용하면 다양한 프로그램을 통해 새로운 사람들과 자연스럽게 어울릴 수 있다.

단점이라면, 식당 음식의 가격은 다소 높은 편이지만 맛은 기대에 미치지 못한다는 점이다. 건너편에는 유명한 카페 'Khaotha Coffee Roastery Pai'가 있어, 나는 보통 이곳에서 커피를 마시며 수업 시간을 기다린다.

Pai Yoga Shala

원래는 리조트 안에 마련된 야외 요가 스튜디오였다. 사진으로 보기엔 무척 멋져 보이지만, 저녁 시간이면 모기가 많아 모기약을 자주 뿌려야 했다. 현재는 시내로 이전하여 접근성이 좋아졌다.

요가원 옆에는 'Queue Espresso Bar'라는 커피 전문점이 있어, 이곳에서 커피를 마시며 수업 시간을 기다렸다.

이외에도 몇 곳의 요가원이 더 있지만, 수업 일정이 불규칙하거나 수업의 질이 일정하지 않아 주로 앞서 언급한 세 곳을 다녔다. 수업료는 1회권 300밧(약 12,000원), 5회권은 1,350밧(약 54,000원)으로, 세 곳 모두 동일하다. 예약 없이 현장에서 선착순으로 등록할 수 있다.

빠이뿐 아니라, 대부분의 요가원은 여성 참여자가 많다. 남성도 가끔 보이긴 하지만, 대개는 서양인들이다. 아시아계 남성은 드물고, 있더라도 대부분 여자 친구나 아내를 따라온 경우가 많다. 그래서 나를 신기하게 바라보는 사람들도 종종 있다.

그렇다면 나는 어쩌다 '요가 하는 남자'가 되었을까? 사실 나는 요가지도자 자격증을 가지고 있다. 놀랍게 들릴지 모르지만, 누군가를 가르칠 수준은 아니다. 지금도 할 수 없는 동작이 많고, 꾸준히 하지도 않는다.

자격증을 딴 이유는 순전히 호기심 때문이었다. 한때 건강이 좋지 않아 요가를 꾸준히 했는데, 할 때마다 몸이 가벼워지는 느낌이 들었다. 그러다 어느 순간, 동작을 반복할수록 궁금증이 생겼다.

'왜 이 동작을 할까?'

'이 동작은 어떤 효과가 있을까?'

이왕 시작한 거라면 제대로 배워보고 싶었다. 그때 눈에 띈 것이 요가지도자 자격증 과정이었다. 단순히 따라 하기만 하는 수업이 아니라, 동작의 원리와 기원, 효과까지 체계적으로 배울 수 있었다.

그렇게 배운 내용은 지금도 요가를 할 때 큰 도움이 된다. 동작의 의미를 알고 수행하니 집중력도 높아지고, 스스로의 움직임을 더 깊이 이해하게 되었다. 아는 상태에서 하는 것과 모르는 채로 하는 것에는 큰 차이가 있다.

무에타이,
몸으로 부딪치며 연결되는 시간

나는 격렬한 운동을 좋아한다. 그중에서도 가장 오랫동안 해온 운동은 '크로스핏'이다. 혼자 운동을 하면 집중력이 쉽게 떨어지기 때문이다. 그래서 다른 사람들과 함께 운동하는 것을 선호한다. 스스로 하기보다는 누군가의 감시하에 열심히 하는 걸 보면, 난 전형적인 한국인이 맞는 것 같다.

무에타이도 이런 내 성향과 잘 어울린다. 샌드백을 치고 몸을 부딪치며 흘리는 땀은 체중 감량에도 효과적이고, 기분까지 상쾌하게 만들어준다. 한국에서는 겨울이 되면 몸이 나태해져 운동을 소홀히 하게 되는데, 이렇게 따뜻한 곳에서 몸을 움직이며 건강을 챙길 수 있어 좋다.

빠이에는 여러 개의 무에타이 체육관이 있다. 이곳의 체육관들은 여전히 전통적인 방식으로 운영되고 있어, 그 자체로 매력적이다. 방콕이나 치앙마이에서도 무에타이 수업을 들어본 적이 있지만, 접근성이 좋은 체육관들은 대부분 관광객을 대상으로 운영되어 수업 시간이 짧고 강도도 낮은 편이었다. 전통 방식을 유지하는 곳도 있었지만, 대개 위치가 외져 다니기 어려웠다.

반면 빠이의 무에타이 체육관들은 가격도 저렴하면서도 전통적인 훈련 방식을 그대로 유지하고 있어, 운동 효과 면에서도 훨씬 뛰어나다.

Charn Chai Muay Thai Pai

이곳은 빠이에서 가장 활발하게 운영되는 무에타이 체육관이다. 참여 인원이 많아 함께 운동하는 즐거움을 느낄 수 있다는 점이 큰 장점이다. 참여자는 대부분 서양인이며, 한국인이나 중국인도 가끔 보인다. 여성 참여자도 적지 않다.

Muay Thai Pai Wisarut Family

이곳 역시 자주 찾는 체육관 중 하나다. 수강 인원이 적은 편이라, 운이 좋으면 1:1 개인 수업을 받을 수 있다. 관장님이 직접 지도해 주는 경우도 많다. 다른 체육관에 비해 사람이 적어 함께 운동하는 즐거움은 덜하지만, 보다 집중해서 제대로 배울 수 있다는 장점이 있다.

무에타이는 태권도와 마찬가지로 예의를 중요하게 여긴다. 수업이 시작되기 전과 끝난 후, 코치와 수강생들은 마주보고 서서 인사를 나눈다. 수업이 끝난 뒤에는 함께 훈련한 동료들과도 일일이 인사를 주고받는다. 짝을 이루어 훈련할 때도 간단한 인사로 수업을 시작하고, 마무리할 때는 서로에게 "수고했다."라고 감사의 뜻을 전한다.

아직 이루지 못한 꿈이 있다.

무에타이 체육관에 가면 몇 달씩 숙식하며 훈련하는 서양인들을 쉽게 볼 수 있다. 그들 중에는 실제 선수도 있지만, 대부분은 시합을 목표로 훈련하며 머무는 이들이다. 처음 무에타이를 배웠을 때, 나도 그들처럼 시합에 나가보고 싶다는 생각을 했다. 그 결심을 한 지도 어느덧 10년이 넘었지만, 아직 도전하지 못했다. 그래도 그 꿈을 완전히 포기한 것은 아니다. 40대의 몸으로 시합에 나선다는 건 어쩌면 무모한 도전일 수 있다. 그럼에도 불구하고 도전하고 싶다. 3개월이든 6개월이든, 제대로 몸을 단련해 시합에 나설 실력을 갖추고 싶다.

이길 거라는 기대는 없다. 하지만 목표는 분명하다.

단 한 번이라도, 상대에게 제대로 주먹을 꽂는 것.

설령 얻어맞고 KO로 쓰러지더라도, 그 한 방이면 충분하다.

06

아무도 나를 신경 쓰지 않는다

빠이에서 젊은 서양인들에게 가장 인기 있는 투어는 '튜빙(Tubing)'이다. 튜브를 타고 강을 따라 내려가는 투어인데, 중간중간 다양한 프로그램이 마련돼 있다.

참여하고 싶었지만, 혼자 가면 제대로 즐기지 못할 것 같아 망설여졌다. 가끔 늦은 저녁, 튜빙을 마친 사람들이 트럭을 타고 돌아오는 모

습을 본다. 술에 취한 채 노래를 부르고, 자유로운 분위기를 즐기는 그들의 모습이 보기 좋았다.

그러던 중, '자보(Jabo) 일출' 투어에 함께했던 한국인 여성이 튜빙에 참여하고 싶지만 용기가 나지 않는다고 했다. 나는 그 말을 듣고 함께 가자고 하였다. 그 역시 물놀이 특성상 몸을 많이 드러내는 옷을 입어야 하고, 모르는 사람들과 어울려야 한다는 점이 망설이게 만든 듯했다.

튜빙 투어는 두 개의 업체가 운영한다. 두 곳 모두 매주 화요일과 금요일에 진행되며, 비용은 1인당 250밧(약 10,000원)으로 저렴한 편이다.

투어 당일, 한가한 빠이 시내에는 페트병과 소주를 든 젊은 서양인들이 눈에 띄었다. 현장에서도 술을 판매하지만, 직접 술을 가져갈 수도 있다. 유리병은 물에 가라앉기 때문에 튜브를 탈 때 들고 탈 수 없지만, 페트병은 괜찮다. 그래서 사람들은 페트병에 술을 담아간다.

태국 편의점에서는 한국식 소주도 판다. 우리가 마시는 소주는 아니고, 과일 맛이 첨가된 일종의 '칵테일 소주'다.

이 소주는 외국인과 현지인 모두에게 인기다. 튜빙 출발 시간이 가까워지자, 많은 서양인들이 맥주와 소주를 몇 병씩 사 갔다. 나도 그들처럼 두 병을 사서 페트병에 담았다. 마셔보니 맛이 괜찮았다.

우리는 트럭 뒤칸에 올라 다른 참가자들을 기다렸다. 우리 외에 이미 여섯 명의 남성이 타고 있었다. 모두 상의 탈의에 키가 180cm는 넘어 보였다. 그들 옆에 서니 내가 한층 작아 보였다.

내가 동행한 한국인에게 말했다.

"부모님이 원망스럽네요."

그녀가 웃으며 답했다.

"그러게요, 노력 좀 하시지 그랬어요."

잠시 뒤, 비키니 차림의 스페인어를 쓰는 여성 여섯 명이 탔다. 물놀이인 만큼 복장은 자유롭다. 이번엔 그녀가 말했다.

"부모님이 원망스럽네요."

무슨 뜻인지 알기에, 나도 웃으며 말했다.

"그러게요, 노력 좀 하시지 그랬어요."

157

20여 분을 달려 강가에 도착했다. 현장은 이미 음악과 술, 춤으로 가득한 파티가 열리고 있었다. 족히 200명은 넘어 보였다. 다른 회사의 튜빙 참가자들까지 합치면, 빠이에 있는 젊은 서양인들은 이날 모두 튜빙을 하러 모인 듯했다.

출발 시간이 되자, 참가자들은 각자 튜브를 들고 강으로 향했다. 사람들이 튜브에 자리를 잡을 때까지, 현지 진행요원들이 튜브가 떠내려가지 않게 붙들고 있었다. 모두 준비가 되자 튜브를 놓았고, 튜브들은 자연스럽게 강물 위로 흘러가기 시작했다. 강을 따라 유유히 내려가며 하늘도 보고, 술도 마셨다. 담배나 대마초를 피우는 사람도 있었다. 튜브끼리 부딪히면 서로 인사를 나누고, 어디서 왔는지, 얼마나 여행했는지 물었다. 주변에서도 비슷한 대화가 오갔다.

'참여자 중 내가 가장 나이가 많은 건 아닐까?' 걱정했지만 기우였다. 나보다 나이 많은 분들도 있었다. 그들은 적극적이지는 않았지만, 자신만의 방식으로 분위기를 즐기고 있었다. 특히 한 서양 노부부가 눈에 띄었다. 두 사람은 튜브가 서로 멀어지지 않도록 꼭 붙잡은 채 함께 흘러내려 갔다. 내내 자신들만의 방식으로 순간을 즐기는 모습이 무척 여유로워 보였다.

튜브를 타고 일정 지점에 도착하면, 튜브를 내려놓고 또 다른 파티가 열린다. DJ가 음악을 틀고, 사람들은 그 주변에서 춤을 춘다. 한쪽에서는 배구, 줄넘기, 줄다리기 같은 게임도 열린다. 함께 간 일행도 처음엔 쭈뼛쭈뼛했지만, 곧 자신만의 춤을 추기 시작했다. 술기운과 먼저 말을 걸어주는 외국인들 덕에 자신감이 생긴 듯했다. 나도 춤을 추고, 게임에 참여하며 두루두루 즐겼다. 막춤이지만 아무도 신경 쓰지 않는다. 아는 노래가 나오면 다 함께 따라 부른다. 줄다리기를 하며 이겼을 땐 같은 팀 사람들과 얼싸안고 기뻐했다. 함께 줄넘기를 하며 한바탕 크게 웃었다. 오랜만에 느껴보는 자유였다.

그렇게 놀다가 다시 튜브를 타고 강을 따라 내려갔다. 마지막 지점에 도착하자 또 하나의 파티가 열렸다. 이번에는 거품 파티와 이전과는 다른 게임들이 준비돼 있었다. 앞선 파티에서는 대부분이 적극적으로 참여했지만, 이번에는 춤을 추는 사람이 절반 정도였다. 나머지는 강에 들어가 열기를 식히거나, 쉬면서 이야기하거나 게임을 즐겼다. 나도 잠깐 춤을 추다 강에 들어가고, 간단한 게임을 하며 시간을 보냈다.

그런데 끝날 시간이 다가왔는데도 마무리할 기미가 보이지 않았다. 함께 온 일행도 지친 듯 평상에 누워 있었다. 투어는 5시 30분 종료 예정이었지만, 시간이 지나도 파티는 계속됐다. 분위기를 보니 그냥 나가도 될 것 같았다. 지도를 보니 시내까지 도보로 10분 거리였다.

"그냥 걸어가죠."

그렇게 우리는 조용히 자리를 떠났다. 5시 30분에 끝나는 튜빙 참가자들이 왜 해가 저문 뒤 트럭을 타고 돌아오는지 알게 되었다. 오랜만에 자유롭게 놀아서 기분이 좋았다. 함께했던 일행도 정말 재미있었다며 고마워했다. 나도 같이 참여해줘서 고맙다고 말했다.

항상 느끼는 것이지만, 무언가에 도전하기를 망설이게 만드는 건 결국 나 자신이다.

07

장기 여행지의 조건

빠이는 태국 북부 매홍손 주에 있는 작은 마을이다. 인구는 약 3천 명이다. 버스 터미널을 중심으로 상점들이 모여 있고, 마을 끝에서 끝까지 걸어서 이동할 수 있을 만큼 규모가 작다. 그럼에도 매년 20~30만 명의 여행자가 이곳을 찾는다.

빠이는 여행자들 사이에서 '제2의 치앙마이'로 불린다. 자연에 둘러싸인 환경, 요가와 요리, 여유롭게 머무를 수 있는 카페 등 치앙마이의 슬로우 라이프와 닮은 점이 많기 때문이다. 치앙마이는 물가가 저렴하고, 장기 여행자가 좋아할 만한 요소들을 두루 갖춰 '배낭 여행자의 천국' 또는 '장기 여행자의 천국'으로도 불린다.

빠이는 이 매력을 더 진하게 느낄 수 있는 곳이다. 치앙마이보다 규모는 작고, 관광 명소나 즐길 거리는 다소 적지만, 더 한적한 분위기와 낮은 물가 덕분에 배낭여행자, 특히 장기 여행자에게 더욱 매력적이다. 장기 여행자가 필요로 하는 대부분의 조건을 갖춘 곳이기도 하다.

활동하기 좋은 따뜻한 기후

나는 주로 12월에서 2월 사이에 빠이에 머문다. 이 시기 태국은 건기다. 특히 빠이는 태국 북부 산악 지역에 있어 다른 지역보다 선선하다. 아침저녁으로는 쌀쌀해 긴 소매 옷과 긴 바지가 필요할 정도다.

저렴한 물가

물가도 태국의 다른 지역보다 저렴하다. 해마다 오르고 있긴 하지만, 여전히 부담 없이 생활할 수 있는 수준이다. 방콕의 절반, 치앙마이의 3분의 2 정도로 비교적 저렴하다.

다양하고 맛있는 음식

장기 체류를 하려면 현지 음식이 입맛에 맞아야 한다. 이 기준에서 볼 때, 말레이시아, 필리핀, 라오스, 캄보디아는 아쉽게도 제외된다. 물론 각국에 맛있는 음식이 있지만, 선택지가 제한적인 편이다.

반면, 태국 음식은 전체적으로 내 입맛에 잘 맞는다. 특히 '빠이'에서는 다양한 태국 음식을 저렴한 가격에 즐길 수 있다. 또한, 많은 해외 여행객이 찾는 곳이라 햄버거, 피자 같은 서양식 음식은 물론, 샐러드 같은 건강식 전문 식당도 쉽게 찾을 수 있어 선택의 폭이 넓다.

조용한 사색과 신체 활동의 조화

관광지만 둘러보는 여행은 오래 머물기 어렵다. 지속적으로 할 수 있는 활동이 필요하기 때문이다. 빠이에서는 스쿠버다이빙이나 서핑 같은 해양 스포츠는 없지만, 무에타이, 요가, 명상, 쿠킹 클래스, 튜빙 같은 활동을 할 수 있다. 또한, 자연 속에서 조용히 사색할 수 있는 장소도 많다. 몸을 움직이며 마음을 가다듬고 싶은 사람에게 이곳은 최적의 장소다.

낮에도 밤에도 즐길 거리가 있는 곳

나는 술을 즐기지 않는다. 대신 낮에는 예쁜 카페에서 커피를 마시고, 밤에는 분위기 좋은 찻집을 찾는다. 하지만 빠이에서도 밤 문화를 즐길 수 있는 공간들이 있다. 시내뿐만 아니라 곳곳에서 오토바이가 가득 주차된 장소를 쉽게 발견할 수 있다. 그곳에서는 늦은 시간까지, 때로는 밤새도록 파티가 열리기도 한다.

Chapter IV
추억과 낭만이 가득한 곳

'빠이'에 가면 추억이 쌓인다

'빠이'에 가면 낭만이 스며든다

직접 쓴 엽서를 보내다

여행을 간다고 하니, 한 지인이 빠이의 분위기를 담은 엽서 한 장을 보내 달라고 했다. 나도 오랜만에 엽서를 써서 보내고 싶어졌다.

빠이의 감성을 담은 엽서와 스티커를 파는 가게를 찾았다. 가게 안에는 우체통이 있어, 엽서를 바로 보낼 수도 있었다. 지인뿐만 아니라 친구들에게도 엽서를 보내기로 했다. 받는 사람에게 어울리는, '빠이 감성'이 담긴 엽서를 골랐다.

아이가 셋인 친구에게는 홀로 여행하는 사람 그림이 그려진 엽서를 선택했다. 아이들이 다 크면 함께 여행을 가자고 했던 친구였다. 미혼인 친구에게는 빠이를 배경으로 한 아름다운 여성의 그림이 있는 엽서를 골랐다. 좋은 사람을 만나 함께 여행하라는 의미였다. 지인에게는 빠이 마을이 배경인 엽서를 골랐다.

막상 글을 쓰려니, 어떤 말을 적어야 할지 고민이 됐다. 10대와 20대 초반에는 편지를 자주 썼다. 사회초년생 시절에는 매년 연하장을 쓰곤 했다. 하지만 요즘은 전자 우편이나 문자로 간단한 안부를 전하는 게 전부다. 오랜만에 펜으로 글을 쓰려니 쉽지 않았다. 인터넷에서 인사말을 찾아봤지만, 형식적인 문구뿐이라 마음에 와닿지 않았다. 결국, 담백하고 간결하게 쓰기로 했다.

아이가 셋인 친구에게는 **"아이들 다 크면 꼭 같이 오자."**

아직 미혼인 친구에게는 **"좋은 사람 만나서 여기로 여행 와."**

건강이 좋지 않은 친구에게는 **"건강하고, 건강하고, 또 건강하자."** 라고 썼다.

누구나 가슴속에 간직한
로맨스 한 편씩 있다

같은 장소라도 누구와 함께하느냐에 따라 느낌이 달라진다. 좋아하는 사람과 가면 평범한 곳도 특별해지고, 불편한 사람과 가면 아무리 아름다운 곳이라도 다시 가기 싫어진다. '발리'로 직장 상사와 출장을 가고 싶은 사람은 없을 것이다.

내가 처음 빠이에 간 것은 2009년이었다. 직장과 박사 과정을 병행하면서 장기 여행이 어려운 때였다. 남은 휴가와 방학 일정을 계산하니 열흘 정도 시간이 나왔다. 일과 공부에 지쳐 있던 나는 푹 쉬고 싶었다. 그때 눈에 띈 곳이 '빠이'

였다. 문득, 기억 저편에 자리했던 이곳이 생각났다. 치앙마이에서 한 달 살기를 할 만큼 그곳을 좋아했던 나에게, 빠이는 매력적으로 다가왔다.

다녀온 사람들의 후기를 보니 **'치앙마이를 좋아한다면 빠이도 좋아할 것이다.'**라는 말이 많았다. 당시 나에게는 새로운 '치앙마이'가 필요했다. 그 시절의 빠이는 지금보다 더 작은 마을이었다. 여행객도 적었고, 숙소도 많지 않았다. 딱히 할 것도 없었다. 누군가 빠이를 이렇게 정의했다.

'한낮에는 조용하지만, 해가 지면 활기를 띠는 곳'

마을 곳곳에 분위기 있는 술집이 띄엄띄엄 있고, 밤이 되면 낮에는 보이지 않던 외국인들로 가득 찬다고 했다. 고민이 됐다. 혼자 여행하는 걸 좋아했고, 특히 한국인을 피해 다니던 나였지만, 열흘 내내 혼자 보내기에는 조금 심심할 것 같았다. 처음으로 누군가와 함께하기로 마음먹었다.

여행자 카페 '태사랑'에서 빠이로 함께 갈 일행을 찾았다. 나를 포함해 남자 넷과 여자 한 명, 총 다섯 명이 모였다. 나를 제외한 네 명은 각각 둘씩 일행이었다. 나만 홀로 여행자였다.

우리는 방콕 '카오산로드'에 있는 '홍익여행사'에서 처음 얼굴을 마주했다. 그곳에서 여행자 버스를 타고 치앙마이로 이동한 뒤, 빠이행 미니버스로 갈아타야 했다. 버스회사 직원이 각 여행사를 돌며 승객을 데려왔다. 우리는 그를 기다 렸다. 그리고 얼마 후, 버스 회사 직원이 도착했다. 그의 주 변에는 함께 버스를 타고 갈 여행객들이 있었다. 그리고 그 곳에, 내 시선을 단숨에 사로잡은 한 여자가 있었다. 머릿속 에 단 하나의 문장이 선명하게 떠올랐다.

'예쁘다.'

우리 일행은 남녀 일행이 앞쪽에, 나와 남자 일행 둘이 버 스 맨 뒤에 앉았다. 한 자리가 비어 있었다. 그리고 그녀가 그 빈자리에 앉았다. 나는 왼쪽 창가, 그녀는 오른쪽 창가. 우리 사이에는 나의 일행 남자 둘이 앉아 있었다. 나는 일행 과 이야기를 나누면서도 그녀가 계속 신경 쓰였다. 그런데 우리가 한국어로 이야기해도 그녀는 아무 반응이 없었다. '한국인이 아니구나.' 생각했다. 잠시 후, 버스 회사 직원이 그녀에게 종이 한 장을 건넸다. 이름, 국적, 나이를 적으라고 했다. 그녀에게 건네받은 종이를 본 일행이 물었다.

"한국 사람이세요?"

그녀는 수줍게 "네."라고 답했다. 우리는 반갑게 인사를
하고 이야기를 나누었다.

"같이 갈래요?"

휴게소에서 나는 그녀에게 같이 빠이에 가자고 제안했다.
하지만 그녀는 치앙마이에 들렀다가 라오스로 갈 계획이라
며 거절했다. 두 번째 휴게소에서 고민하는 그녀의 모습이
보였다. 그리고 결국, 치앙마이에 도착한 그녀는 우리와 함
께 빠이에 가기로 했다.

빠이에 도착한 우리는 오토바이를 대여했다. 두 명이 한
대씩 빌렸다. 일행이 없던 그녀와 내가 함께 타게 됐다. 운
전은 그녀가 했다. 보통 남자가 운전하고 여자가 뒷자리에
타지만, 우리는 반대였다. 내가 오토바이 운전에 익숙하지
않았기 때문이다. 직업도 그랬다. 그녀는 여성이 매운 드문
'남초' 직장에서, 나는 남성이 매우 드문 '여초' 직장에서 일
했다. 직업만 들으면, 내가 그의 회사에 다니고 그녀가 내

회사에 다닌다고 생각했을 것이다. 성향도 반대였다. 그런 우리가 빠이에서 오토바이를 타고 함께 길을 달렸다.

우리는 낮에는 함께 돌아다니고, 밤이면 펍에서 술을 마셨다. 그녀와 오토바이로 같이 다니니 자연스럽게 가까워졌다. 우리는 틈틈이 여행사에 들러 라오스로 가는 방법을 찾고 있었다. 그러다 한 여행사에서 당일 밤 출발하는 '루앙프라방'행 일정을 발견했다. 그녀는 바로 예약했다. 나는 그녀에게 잘됐다고 말했지만, 속으로는 이제 그녀와 헤어져야 한다는 생각에 아쉬움만 가득했다.

"같이 갈래요?"

그녀가 내게 물었다. 내가 그녀에게 했던 말이다. 이번에는 그녀가 나에게 같은 말을 건넨다.

나는 잠시 망설였다. 빠이에 머물기 위해 이미 새 숙소를 잡았고, 비용도 지불한 상태였다. 그녀와의 여행, 그리고 숙소 비용 사이에서 고민하는 척했지만, 사실 망설이지 않았다. 다만, 뛰는 가슴을 진정시킬 시간이 필요했다. 최대한 담담한 척하며 말했다.

"같이 가주면 뭐 사줄래요?"

그녀가 웃으며 답했다.

"맛있는 거 사 드릴게요"

나는 일부러 잠시 생각하는 척했다. 그리고 대답했다. "그래요. 그렇다면 뭐, 같이 가죠."

그녀는 내가 이미 숙소를 예약하고 비용까지 지불한 걸 알고 있었다. 왜냐하면, 함께 가서 숙소를 알아봤기 때문이다. 숙박비는 내게 중요하지 않았다. 그녀와 더 오래 함께할 수 있다는 생각에 기뻤다.

그렇게 우리는 함께 라오스를 여행하게 되었다. 꿈같은 시간이었다. 하지만 여행의 끝이 가까워질수록 나는 초조해졌다. 결국, 결심을 했다. 옆에서 걷는 그녀를 힐끔힐끔 바라봤다. 그녀의 손이 보였다. 나의 모든 신경이 그 손에 쏠렸다. 그녀가 무슨 말을 했지만 귀에 들어오지 않았다.

"오빠, 저기로 가자."

그녀가 손을 내리고 몸을 돌리는 순간, 그녀의 손이 내 팔을 스치듯 지나갔다. 심장이 터질 것 같았다. 마침 지나가던 사람과 부딪힐 뻔했다. 나는 반사적으로 그녀의 손목을 잡아 내 쪽으로 끌어당겼다. 그리고 나는 그 손을 놓지 않았다. 손목에서 손으로, 자연스럽게 나의 손을 옮겼다. 최대한 자연스럽게 했다고 생각했다. 그리고 그녀도, 나의 손을 놓지 않았다.

마지막 날이 되었다. 나는 떠나야 했다. 하지만 그 순간을 자꾸만 미뤘다. 계속해서 "다음 차로 가겠다."라고 말했다. 조금이라도 더 그녀와 함께 있고 싶었다. 일정만 더 늦출 수 있었다면, 그랬을 것이다. 하지만 예정된 휴가는 끝을 향해 가고 있었다. 그녀는 계획했던 여행을 마치고 한국으로 돌아왔다. 한국에서도 우리는 많은 추억을 쌓았다.

우리의 인연은 결혼으로 이어지지 않았다. 그럼에도 함께 한 모든 순간과 감정들은 여전히 가슴속에 남아 있다.

그녀를 잊지 못해서가 아니다, 단지. 아마도, 누구나 한 번쯤 꿈꿔봤을 법한 '로맨스'였기 때문일 것이다. 그런 사랑을 할 수 있었다는 것만으로도, 나는 지금도 감사한다.

그 사랑을 가능하게 했던, 그리고 순수함이 머물던 그 시간이 가끔 그립다.

그리고 빠이를 다시 찾을 때마다, **"같이 갈래요?"** 라고 속
삭였던 그 장소를 지나칠 때면, 문득 그 순간이 떠오른다.

여행은 사진이 아니라
가슴속에 남긴다

다시 빠이 협곡을 찾았다. 이번에는 일몰이 아닌, 일출을 보기 위해 오토바이를 타고 혼자 떠났다. 숙소에서 가까웠고, 포장도로라 이동도 수월했다.

해가 뜨기를 기다렸다. 하지만 구름에 가려 해가 뚜렷하게 보이지 않았다. 대신 구름 가장자리를 따라 붉은빛이 스며들었다. 석양과 달리 일출을 보러 온 사람은 많지 않아 분위기는 고요했다. 사람들은 해가 떠오르길 기다리며, 휴대폰을 보거나 사진을 찍었다. 나는 휴대폰으로 재빨리 몇 장을 찍고, 다시 눈으로 그 장면을 담았다.

한때 배낭의 절반을 카메라가 차지했었다. 하지만 어느 순간부터 카메라를 들고 다니지 않았다. 물론 요즘은 휴대폰 카메라 성능이 좋아 굳이 따로 챙길 필요가 없다. 그러나 카메라가 필수였던 시절에도 나는 일부러 가져가지 않았다. 사진을 찍는 데 너무 많은 신경을 쓰다 보니 정작 여행을 온전히 느끼지 못하고 있다는 생각이 들어서였다.

기억하고 싶은 순간은 풍경만이 아니라, 그때의 감정도 포함된다. 하지만 사진 찍기가 우선이 되면 자연스레 감정은 뒤로 밀린다. 아름다운 순간을 보면서도 카메라에 담느라 바빠서, 정작 내 눈으로는 그 순간을 제대로 보지 못한다. 순간이 내게 주는 감동도 놓치게 된다.

예전에는 찍은 사진을 블로그나 커뮤니티에 열심히 올렸다. 사람들은 내가 찍은 사진과 올린 정보에 고마워했다. 그러다 어느 순간, 내가 여행을 하는 건지, 사람들을 위한 여행 정보를 수집하러 다니는 건지 혼란스러워졌다.

여행은 남에게 보여주기 위한 것이 아니라, 온전히 나를 위해야 한다는 생각이 들었다. 그래서 한동안 일부러 카메라를 가지고 다니지 않았다. 그 덕분에 여행에 더 집중할 수 있었다. 여행한 시간에 비해 남아 있는 사진은 많지 않지만, 후회는 없다. 사진 대신, 더 많은 것을 보고 더 깊이 느낄 수 있었기 때문이다.

최근에는 휴대폰 카메라 성능이 좋아지면서 사진 찍기가 한결 수월해졌다. 이제는 사진도 찍고, 마음에도 담는다. 다만 사진을 찍는 시간은 아주 짧다. 급히 몇 장만 남기고, 대부분의 시간은 눈과 마음으로 풍경을 느끼려 한다.

요즘은 휴대폰 사진이 자동으로 웹 스토리지에 저장된다.

가끔 '1년 전 오늘', '2년 전 오늘'이라는 제목으로 뜬 사진들을 보면, 잊고 있던 여행의 감정이 다시 떠오른다.

Jabo 일출

이곳은 '한국인들만 가는 일출 장소'로 불린다. 그만큼 유독 한국인들이 많이 찾는다. 빠이 시내에서 차로 약 1시간 10분 거리이며, 새벽 4시 30분에 출발한다. 비용은 인원수에 따라 달라진다. 차 한 대에 1,200밧(약 48,000원)인데, 함께 타는 사람이 많을수록 1인당 부담이 줄어든다. 나는 두 명과 함께 가서 400밧(약 16,000원)을 냈다.

Two Huts Pai 일몰

빠이 협곡과 함께 빠이에서 가장 유명한 일몰 명소다. 협곡과 달리, 이곳에서는 술과 음식을 즐기며 여유롭게 일몰을 감상할 수 있다. 공연도 열려 분위기가 좋아 많은 사람이 찾는다.

201

04

새해 소원을 빌다

12월 31일, 2024년의 마지막 날이 찾아왔다. 저녁이 되자 야시장은 인파로 가득 찼다. 빠이에 있는 모든 사람이 이곳에 모인 듯했다.

태국에서는 새해가 되면 소원을 빌며 풍등을 날리는 전통이 있다. 하늘 위로 하나둘 풍등이 떠오르기 시작했다. 강가로 가니 많은 사람들이 풍등을 날리고 있었다. 나도 풍등을 하나 샀다.

풍등은 종이 안쪽에 충분한 열이 차올라야 제대로 떠오른다. 조급한 마음에 손을 놓았지만, 풍등은 금세 바닥으로 가라앉고 말았다. 아직 열기가 부족했다. 몇 번의 시도 끝에 마침내 풍등은 하늘로 올라갔다. 그런데 문제가 생겼다. 풍등이 전선을 향해 가고 있었다.

"안 돼!"

나도 모르게 소리쳤다.

숨이 턱 막혔다. 주변 사람들이 놀란 눈으로 쳐다봤다. 풍등은 전선에 걸릴 듯 멈칫했다. 하지만 다행히도 바람이 방향을 바꿔 주었다. 풍등은 전선을 비켜 가며 하늘로 날아올랐다. 주변에서 환호성이 터졌다. 다들 내 일처럼 기뻐해 주었다.

나는 하늘로 떠오르는 풍등을 바라보며 나와 사랑하는 사람들의 건강을 빌었다.

"건강하자. 건강하자. 그리고 또 건강하자."

'돈을 잃으면 조금 잃는 것이고, 사람을 잃으면 많이 잃는 것이고, 건강을 잃으면 전부를 잃는 것이다' 라는 말이 있다. 나는 이 말에 깊이 공감한다.

한때 삶이 무너지는 경험을 한 적이 있었다. 그때 유일하게 신에게 빌었던 것은 '건강'이었다. 건강하면, 돈도 사람도 다시 얻을 기회가 있다. 하지만 건강을 잃으면 아무리 많은 돈과 사람이 있어도 아무 소용이 없다. 그래서 나는 소원을 빌 때마다, 오직 '건강'만을 소망한다.

타로에서 용기를 얻다

빠이에 오면 꼭 하는 일이 하나 있다. 바로 타로를 보는 것이다. 야시장을 걷다 보면 작은 타로 가게가 눈에 띄었다. 이곳이 특별한 이유는 상담료를 '기부(Donation)' 방식으로 받는다는 점이었다. 얼마를 낼지는 온전히 손님에게 달려 있었다. 그 점이 내 호기심을 자극했다.

'얼마나 자신 있기에?'

나 역시 타로 카드를 볼 줄 안다. 가끔 타로를 이용해 상담을 한다. 하지만 내 문제는 스스로 해석하기 어렵다. 아마도 이미 마음속에 원하는 답이 있어서, 카드 해석이 왜곡되기 때문일 것이다. 그래서 내 카드는 다른 타로 마스터에게 해석을 부탁하곤 한다.

호기심이 동했지만, 갈 때마다 손님이 있어 발길을 돌려야 했다. 30분 후에 다시 가도 여전히 상담 중이었다. 그러던 어느 날, 그곳을 지나는데 마침 아무도 없었다. 이때다 싶어 문을 열고 들어갔다.

마스터는 반갑게 인사했다. 그녀는 다양한 타로 카드를 가지고 있었는데, 대부분 처음 보는 것이었다. 타로 카드는 마스터의 취향에 따라 다르다. 나도 열 개 정도의 타로 카드를 가지고 있다.

카드는 내가 아닌 마스터가 직접 뽑았다. 보통 내담자가 카드를 고르고, 마스터가 해석하는 방식인데, 이곳은 달랐다. 마스터는 영적인 기운을 느껴가며 신중하게 카드를 골랐다. 상담은 꽤 길었다. 내 결론은 '**이 마스터에게는 영적인 감각이 있다.**' 라는 것이었다.

그는 내게 또 다른 영향을 주었다. 나는 명상 지도, 고민 상담, 타로 상담을 하면서 항상 '**얼마를 받아야 할까**' 고민했다. 본업이 아니다 보니 더욱 그랬다. 그런데 그를 만나고 이

고민이 사라졌다. 나도 '기부' 방식으로 받기로 한 것이다.

하지만 막상 나는 그에게 얼마를 지불해야 할지 고민스러웠다. 내 주머니에는 1,000밧(약 40,000원)이 있었다. 결국, 저녁값을 제외한 800밧(약 32,000원)를 내고 나왔다. 한국에서 같은 수준의 상담을 받으려면 최소 10만 원은 줘야 한다. 나는 상담에 만족했고, 줄 수 있는 최대한을 주고 싶었다.

참, 신기한 경험이었다. 그 뒤로 빠이에 갈 때마다 그곳을 찾았다. 하지만 최근 다시 가보니 문을 닫았다. 실력 있는 타로 마스터였는데, 어떤 사정이 있었던 걸까? 그에게 좋은 일이 가득하기를 바라본다.

06

빠이의 아침 풍경

빠이의 아침은 일찍 시작된다.

마을 초입에 있는 주유소 주변이 가장 먼저 깨어난다. 이 곳에는 세븐일레븐 편의점과 커피 체인점이 나란히 자리 잡고 있다. 바로 옆에는 국수를 파는 집이 있다. 아침 6시가 넘으면 점점 사람들로 북적이기 시작한다. 대부분은 여행객이다. 차량이나 오토바이를 타고 이동하는 현지인들도 이곳에서 기름을 넣고, 배를 채우고, 커피 한 잔을 들고 길을 나선다. 시내의 유명한 카페들은 오전 7시면 문을 연다.

시내로 가면 가장 눈에 띄는 것은 탁발하는 스님들이다. 쉽게 그들을 발견할 수 있다. 길거리에서 아침 식사를 파는 노점상들도 쉽게 볼 수 있다. 주로 쌀죽과 태국식 도넛 '빠텅 코'를 판다. 쌀죽 위에는 닭고기와 생강이 올려져 있다. 우리 가 먹는 죽과 맛이 비슷해 한국인의 입맛에도 잘 맞는다. 빠 텅코는 연유에 찍어 두유와 함께 먹는다. 둘 다 좋아해서 자 주 사 먹는다. 내가 자주 가는 곳은 로터스 슈퍼마켓 앞 노 점이다. 부부가 함께 운영하는데, 한쪽에서는 쌀죽을, 다른 한쪽에서는 빠텅코를 판다. 두 가지를 다 시키면 나중에 한 꺼번에 계산해 준다.

213

매주 토요일에는 좀 더 특별한 장소가 생긴다. 오전 9시 30분부터 오후 3시까지 작은 시장이 열린다. 규모는 크지 않지만, 공원 주변으로 상점들이 길게 늘어서 있다. 주변에 괜찮은 카페도 있고, 공원도 있어 가볍게 구경할 겸 들러봤다. 어디서 본 듯한 익숙한 얼굴들이 많았다.

입구에는 모카 포트로 커피를 내려주는 가게가 있었다. 야시장에서 간혹 보던 사람이었는데, 최근에는 보기 힘들었다. 오랜만에 모카 포트 커피가 마시고 싶어 한 잔 샀다. 50밧(약 2,000원). 쌀쌀한 아침에 마시는 커피여서인지 맛있었다.

한국 식당 '미소라면'의 여사장님도 시장에 나와 김밥과 김치를 판매하고 있었다. 처음엔 '어, 낯익은 분인데?' 하며 기억이 잘 나지 않았지만, 메뉴를 보고 바로 떠올랐다. 반갑게 인사를 나누고 김밥 한 줄을 샀다. 마침 한국 음식이 당겨 오후에 미소라면에 들를까 고민하고 있었다. 사장님이 펼쳐 둔 돗자리에 앉아 커피와 김밥을 즐겼다. 공원에서 뛰노는 아이들, 여유롭게 커피를 마시는 사람들. 그 풍경 자체가 한 폭의 그림 같았다.

그 옆에는 'Swasdee Pai Yoga'의 요가 선생님이 예쁜 수제 가방을 팔고 있었다. 마음에 드는 가방이 하나 있었는데, 380밧을 불렀다. 80이라는 애매한 숫자를 붙인 걸 보니, 350이나 300에도 팔겠다는 의미였다. 선생님이 아니었다면 300부터 흥정했겠지만, 350밧(약 14,000원)도 괜찮은 가격이라 바로 그렇게 달라고 했다. 물론 흔쾌히 거래 성공! 마지막에는 월요일 요가 수업에 오라고 영업도 하셨다.

타로 샵 앞에서 수제 케이크를 파는 분도 있었다. 반가운 마음에 야시장에서는 보지 못했던 작은 조각 케이크를 하나 샀다. 코코넛이 들어 있어 쫀득한 식감이 좋았다. 가격도 20밧(약 800원). 저렴한 데다 맛까지 훌륭했다.

야시장보다 품목은 적지만, 이곳에서만 만날 수 있는 빈티지 상인도 있고, 도자기 체험도 진행되고 있었다. 익숙한 얼굴이 하나둘 늘어나는 걸 보니, 나도 이곳에 제법 오래 머문 듯하다. 이제는 이곳이 내가 사는 동네처럼 친근하게 느껴진다.

빠이의 아침에는 한결 여유로운 분위기가 흐른다. 밤의 빠이가 시끌벅적한 활기로 가득하다면, 아침의 빠이는 동네 사람들이 가볍게 산책을 나온 듯하다. 그 동네 사람들 속에는 현지인뿐 아니라 여행자들도 있다. 여행자들 역시 낯설지 않다. 마치 오래전부터 이곳의 일부였던 것처럼 자연스럽다. 여행자가 없는 빠이는 상상하기 힘들다.

221

오롯이 나에게
집중할 수 있는 공간

나는 요가지도자 자격증처럼 생계와는 직접 관련 없는 자격증을 몇 개 갖고 있다. 모두 나의 관심에서 비롯된 것들이다. 커피를 좋아해 바리스타 자격증을 땄고, 마사지를 좋아해 관련 과정을 수료했다. 나 자신을 더 알고 싶어 타로를 공부하다 마스터 자격증을 취득했고, 명상을 꾸준히 하다 보니 명상지도사 자격증까지 따게 되었다. 자격증은 없지만 관상, 사주명리, 에니어그램에도 흥미를 느껴 꾸준히 공부했었다.

이 모든 선택은 누군가를 가르치거나 직업으로 삼기 위해서가 아니라, 오직 나 자신을 위한 것이었다. 삶의 의미가 궁금했고, 나 자신과 타인을 더 깊이 이해하고 싶었다.

나는 호기심이 많은 사람이다. 그리고 그 호기심은 언제나 내가 무언가를 배우고 익히는 원동력이 되어 주었다. 박사 학위를 받은 것도 결국은 호기심 덕분이었다. 공부를 잘해서가 아니라, 공부가 재미있어서 계속할 수 있었다. 관심 있던 주제를 연구하다 보니 자연스럽게 박사까지 이어졌고, 졸업 후 아프리카로 향한 것도 같은 이유였다. 나는 책상 앞이 아닌, 실제 사람들에게 내가 배운 것을 적용하고 싶었다. 남들에겐 이해하기 힘든 결정이었지만, 내게는 자연스럽고 당연한 선택이었다.

무언가를 선택할 때 가장 중요한 건 자신을 아는 일이다. 나는 내가 좋아하는 것, 잘하는 것, 그리고 어떻게 해야 행복해질 수 있는지를 나름대로 잘 알고 있었다. 그리고 이런 깨달음은 많은 부분, 여행을 통해 확인할 수 있었다. 일상 속 '나'와 여행 중의 '나'는 꽤 달랐다. 여행은 나를 알아가는 중요한 통로였다.

여행에도 개인의 취향은 중요하다. 돈과 시간을 들여 하는 일이며, 오롯이 자신이 좋아서 하는 것이다. 하지만 여행을 좋아한다고 해서 모두가 같은 곳을 좋아하고, 같은 방식으로 여행하는 것은 아니다. 어떤 사람은 빠이를 좋아하고, 어떤 사람은 이곳을 지루하게 느낄 수도 있다. 사람마다 취향이 다르기 때문에 자신만의 여행 스타일을 아는 것이 필요하다. 자신의 취향을 모른 채 남들이 가는 대로 따라가다 보면, 기대한 만큼 즐겁지 않을 수도 있다. 결국, 여행을 온전히 즐기고 싶다면 자신의 취향을 먼저 아는 것이 중요하다.

삶도 마찬가지다. 자기 성향을 모른 채 남을 따라가면 그 삶은 즐겁지도, 행복하지도 않다. 자신이 누구인지 아는 사람만이 스스로 삶의 방향을 정할 수 있다.

나는 매일 10분 정도 명상을 한다. 어떤 특별한 성취를 위한 것이 아니다. 오히려 아무 생각도 하지 않으려 한다. 몸을 최대한 이완하고, 오직 숨에 집중한다. 손과 발, 그리고 몸의 미세한 감각까지 느껴본다.

우리는 하루 종일 수많은 생각에 휘둘리고, 소음과 냄새, 시각적 자극 등에 반응하며 살아간다. 감각 기관은 쉴 틈 없이 작동하고, 뇌는 그것들을 처리하느라 늘 분주하다.

하지만 명상을 하면, 잠시나마 온전히 나에게 집중할 수 있다. 요가도 마찬가지다. 평소 잘 쓰지 않는 근육을 움직이며, 내 몸과 마음을 돌보는 시간을 갖는다. 일부러 시간을 내어 나를 돌보는 것이다.

일상 속에서 우리는 끊임없이 활동하고 생각하며, 무언가를 이루기 위해 하루를 보낸다. 그러나 정작 자신을 돌보는 시간은 놀라울 만큼 적다. 그러다 보면 외부에서 벌어지는 일들이 마치 '나'인 듯 착각하게 된다. 타인의 기준과 생각이 어느새 내 기준처럼 느껴지고, 그것이 내가 진심으로 원하는 것이라 믿게 되기도 한다. 하지만 정말 그것이 나의 것인지, 내가 원했던 것인지 스스로 물어볼 기회조차 없이 살아가곤 한다.

그래서 가끔은, 자신을 제대로 돌보기 위해 익숙한 공간에서 잠시 벗어날 필요가 있다. 익숙한 곳에 머물다 보면, 의지와 상관없이 주변의 영향에 휘둘리기 쉽기 때문이다.

그런 점에서 빠이는 자신을 알아가고 돌보기에 최적의 장소다. 이곳은 조용하고, 시간이 천천히 흐른다. 요가와 운동, 명상은 물론이고 사색에 잠기기 좋은 한적한 카페와 장소들이 많다. 그리고 이곳에서는 자연스럽게 비슷한 가치관을 지닌 사람들이 모여들고, 그들과 친구가 되기도 한다. 대화는 종종 예상하지 못한 방향으로 흐르며, 새로운 곳으로 우릴 안내하기도 한다. 게다가 물가도 저렴해 적은 돈으로도 오래 머물 수 있다.

빠이는 새로운 여행을 꿈꾸는 사람, 낯선 곳에서 천천히 머물며 순간을 온전히 누리고 싶은 사람, 그리고 삶에 지쳐 잠시 쉬고 싶은 사람에게 더없이 좋은 여행지다.

이곳에서는 무언가를 하려고 애쓸 필요가 없다. 빠이의 가장 큰 매력은 '아무것도 하지 않아도 되는 곳'이라는 점이다. 무엇을 이루려 애쓰지 않아도, 자극에서 벗어나 조용히 자신을 돌볼 수 있다.

의욕이 있다면 튜빙이나 요가, 무에타이에 참여해도 좋고, 더 깊이 자신을 들여다보고 싶다면 명상 센터도 좋은 선택이 될 것이다. 마음을 다잡기 어려울 땐 전문가의 도움을 받아도 좋고, 홀로 조용한 시간을 보내도 괜찮다.

무엇을 하지 않아도 되고, 무엇이든 할 수 있는 곳.
그곳이 바로 '빠이'다.

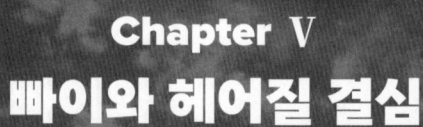

Chapter V
빠이와 헤어질 결심

여행자는 언제든 떠날 자유가 있기에,

더 깊이 여행지를 사랑할 수 있다

어디에나 이상한 사람은 존재한다

태국 사람들은 대체로 친절했다. 특히 내가 한국인이라는 걸 알게 되면, 자연스럽게 드라마나 가수 이야기를 꺼냈다. 현지에서 한국 영화와 한국 대중문화의 인기를 실감할 수 있었다. 그 관심은 자연스레 한국인에 대한 호의로 이어졌다. 2000년대까지만 해도 '한국 사람'에 대한 반응은 특별하지 않았다. 그러나 2010년대에 들어서며 분위기는 확연히 달라졌다. 그 변화의 시작은 드라마 〈주몽〉과 원더걸스의 〈Tell Me〉이었다. 연령대가 높은 사람들은 〈주몽〉을 이야기했고, 일본과 홍콩 노래가 주를 이루던 현지 TV에서는 어느 순간 〈Tell Me〉가 흘러나오기 시작했다. 그때부터 한국

문화는 본격적으로 현지에 자리 잡기 시작했다. 어딜 가든 드라마, 배우, 가수 이야기가 자연스럽게 대화로 이어졌다. 그래서였을까. 동남아에서는 유독 불친절을 경험한 기억이 거의 없다. 빠이에서도 대부분이 친절했다. 하지만, 두 곳에서는 불쾌한 경험을 피할 수 없었다. 그리고 그건 단순히 내 기분 탓이 아니었다.

"영업 끝났어요."

야시장을 걷다 보면 분위기 좋은 커피숍이 눈에 띈다. 차를 마시는 사람들을 보면 나도 한잔하고 싶어진다. 어느 날, 저녁 식사를 하고 그곳을 찾았다.

메뉴를 고르려고 주문대로 다가갔다. 그런데 갑자기 주인이 인상을 쓰며 뒤로 물러나라고 했다. 순간 당황했지만, 별일 아니라고 생각하며 "어떤 메뉴가 맛있나요?"라고 물었다. 그러자 그녀는 단호한 표정으로 "오늘 영업 끝났어요."라고 말했다.

황당했다. 빠이에는 일찍 문을 닫는 가게가 많지만, 이곳은 야시장 한복판이었다. 게다가 사람들로 한창 북적일 시간이었기에, 뭔가 이상했다. 밖으로 나와 검색해 보니, 나와 비슷한 경험을 한 사람이 꽤 많았다.

며칠 뒤, 운동을 하다 알게 된 태국인과 이야기를 나누던 중, 자연스럽게 이 카페 이야기가 나왔다. 그는 **"거기 사장, 너무 불친절해서 저도 그냥 나왔어요."**라며 고개를 저었다. 그제야 이해가 됐다. 사람을 가려 대하는 게 아니라, 원래 그런 사람인 것이다.

"한 시간 뒤에 오세요."

야시장 한복판에 자리 잡은, 늘 서양인들로 붐비는 베트남 반미를 파는 가게가 있다. 가격도 저렴해 한 번쯤 먹어보고 싶었다.

어느 날, 이른 저녁 무렵 찾아가 보니 손님이 없었다. 주문하려니 가게의 나이 든 여주인이 "주문이 밀려서 한 시간 뒤에 오세요."라고 말했다. 그녀는 "Sorry"라고 했지만, 표정에는 미안한 기색이 전혀 없었다.

나는 가게를 나와 어디로 갈지 고민하고 있었다. 그때, 한 서양 남성이 가게로 들어갔다. 그런데, 사장은 그의 주문을 망설임 없이 바로 받았다. 나는 다시 가게로 들어가 따져 물었다. **"왜 저 사람 주문은 받으면서 제 주문은 안 받나요?"** 사장은 대수롭지 않게 **"저 사람도 한 시간 뒤에 오라고 했어요."**라고 답했다. 나는 영어로 대화하는 과정에서 빚은 오해라고 생각하고 더 이상 따지지 않았다. 그렇게 야시장을 둘러보다 다시 그 가게 앞을 지나게 됐다. 20분도 채 지나지 않은 시점이었다. 그런데 그 서양 남자가 가게 앞 의자에 앉아 반미를 먹고 있었다.

낯선 곳을 여행하다 보면 좋은 사람도 만나고, 나쁜 사람도 마주친다. 여행은 언제나 좋은 순간들로만 채워지지 않는다. 좋은 기억이든 나쁜 기억이든, 모두가 여행의 일부다.

사실, 인종 차별을 경험한 적이 몇 번 있다. 동남아에서는 드물었지만, 다른 문화권에서는 자주 겪었다. 하지만 내가 겪은 일이 진짜 인종 차별이었는지, 단순한 문화 차이에서 비롯된 오해였는지 헷갈릴 때가 많았다. 앞서 언급한 카페처럼, 단순히 불친절한 사람일 수도 있다.

'인종 차별'이라는 단어가 붙으면, 마치 거대한 사회 문제처럼 느껴진다. 그러나 '인종'을 빼고 '차별'이라는 단어만 바라보면, 우리 주변에서도 흔히 발견되는 일이다.

차별하는 사람을 바꾸는 일은 불가능하다. 아니, 애초에 타인을 바꾸는 것 자체가 어렵다. 차별을 하는 사람들 대부분은 자존감이 낮다. 그들은 자신에 대한 어떤 비난도 받아들이지 못한다. 반면, 타인의 충고에 귀 기울이고 자신의 잘못을 인정할 수 있는 사람은 자존감이 높은 사람이다. 그래서 자존감이 높은 사람은 '비판'을 '비난'으로 받아들이지 않는다. 하지만 자존감이 낮은 사람은 '비판'을 '비난'으로 받아

들인다.

차별은 자존감이 낮은 사람들이 표출하는 열등감일 뿐이다. 그런 말과 행동에 일일이 화를 낼 필요는 없다. 방문한 곳에서 불쾌한 경험을 했다면, 조용히 항의하고 구글에 리뷰를 남긴 뒤 다시 가지 않으면 그만이다. 그것이 내가 차별에 대처하는 방식이다.

타인의 열등감 때문에 내 소중한 하루, 그리고 여행 전체를 망칠 이유는 없다.

02

여행자는 외지인이다

더운 나라에 머물면, 자연스럽게 낮잠을 자는 횟수가 늘어난다. 특히 무더위가 극심한 한낮에는 잠을 자거나, 시원한 곳에서 음료를 마시며 체력을 비축하게 된다. 나이가 들수록 이러한 경향은 더욱 뚜렷해진다. 원인은 무더운 날씨다. 무더위는 그 자체로 사람을 쉽게 지치게 만든다. 따라서 물을 충분히 마시고, 제때 쉬어야만 체력을 유지할 수 있다.

나는 아프리카에서 약 5년간 생활하며 일을 했다. 더운 나라에서 일하는 것은 한국에서보다 훨씬 많은 체력을 요구한다. 단순한 여행과 그곳에서의 생활은 전혀 다르다. 한국에서처럼 일할 수 없으며, 일상 속에서도 알게 모르게 스트레스가 쌓인다.

탄자니아에서 근무할 때 가장 자주 들었던 말이 '**하쿠나 마타타**'였다. 영화 〈라이온 킹〉에 등장해 우리에게도 익숙한 이 표현은, 현지에서는 일상적으로 사용된다. '**괜찮아**', '**문제없어**', '**걱정하지 마**'—이 짧은 말은 탄자니아 사람들의 삶의 태도를 고스란히 보여준다.

업무 중 마감이 가까워져도, 현지인들은 태연하게 '하쿠나 마타타'를 말했다. 길거리 상인조차 물건을 사지 않아도 "하쿠나 마타타"라고 말하며 웃었다. 4년 가까이 그곳에 머물며, 나는 이 표현의 의미를 이렇게 받아들이게 되었다.

'**지금 애쓴다고 해서 안 되는 일이 되는 것은 아니다. 때가 되면 자연스럽게 해결된다.**'

이러한 삶의 태도는 자연환경과 깊은 관련이 있다.

더운 나라에서 우기를 경험해 본 사람이라면, 기후가 삶의 방식에 얼마나 큰 영향을 주는지 잘 알 것이다. 비가 많이 오면 길이 끊기고, 무리한 이동은 곧 위험을 초래한다. 기온이 지나치게 높을 때 무리하면 탈진하기 쉽다.

자연은 늘 먼저 말해 준다. 지금은 멈춰야 할 때라고. 그래서 기후에 순응하며 살아가는 것이야말로 가장 지혜로운 방식이다. 날씨가 좋아지고 길이 열리면, 그때 이동하면 된다. 더운 낮에는 쉬고, 기온이 낮아지는 아침이나 저녁에 일을 한다. 스페인의 '시에스타' 문화도 이와 유사하다. 더운 날 잠시 낮잠을 자며 체력을 회복하는 것—그건 게으름이 아니라, 더운 기후에서 살아가는 사람들의 지혜다.

태국에도 '하쿠나 마타타'와 유사한 표현이 있다. 바로 '마이 펜 라이(ไม่เป็นไร)'다. 우리말로 하면 '걱정하지 마', '신경쓰지 마'라는 뜻이다. '하쿠나 마타타'가 긍정적인 삶의 태도를 뜻한다면, '마이 펜 라이(ไม่เป็นไร)'에는 태국 특유의 겸손함과 갈등을 피하려는 태도, 그리고 여유로운 삶의 자세가 담겨 있다.

상대가 실수를 하거나, 업무를 제대로 처리하지 못했을 때도 이 표현은 **'괜찮다.'**, **'신경 쓰지 않는다.'**는 뜻으로 사용된다. 이 말에는 태국인이 일과 사람을 대하는 태도가 담겨 있다.

더운 환경과 자연의 영향을 받으며 살아온 사람들은 자연스럽게 여유로운 삶의 태도를 갖게 된다. 그들은 작은 문제에 집착하지 않고 자연스럽게 흘려보낸다. 이런 태도를 접한 한국인들은 이를 이해하지 못하는 경우가 많다. **'빨리빨리'**를 외치며 일이 신속하게 처리되지 않으면 답답함을 느끼는 한국인들에게, 여유롭게 행동하는 현지인들은 답답하게 보일 수도 있다. 일부 사람들은 이를 비효율적이거나 게으른 태도로 여길 수도 있다. 그러나 그들은 자신들의 환경에 맞춰 살아가고 있을 뿐이다.

간혹 어떤 나라에서는 그 나라의 예절과 관습을 미리 익히고 지키려 애쓰지만, 또 어떤 나라에서는 자신의 기준으로 쉽게 판단하고 행동하려는 경향이 있다. 그 차이를 만든 것이 나라의 **'경제력'**인 경우가 많다.

여행자는 어디까지나 외부인이다. 그렇기에 여행지에서는 자신의 방식을 고집하기보다, 현지 문화를 존중하며 인내와 여유를 갖는 것이 바람직하다. 있는 그대로 받아들이고 즐길 때, 여행은 더욱 깊어지고 풍요로워진다. 모르면 이해하려고 하고, 이해가 되지 않으면 그대로 받아들이면 된다. 사람 사는 데는 다 나름의 이유가 있다.

때때로 우리는
낯선 이와 대화하고 싶다

여행을 흔히 '일상에서 벗어나는 것'이라 표현한다. 우리는 날마다 반복되는 일상을 살아간다. 만나는 사람도 대부분 익숙한 얼굴들이다. 그러나 여행을 떠나면 익숙한 환경을 벗어나 낯선 사람을 만나게 된다. 그리고 그러한 만남이 하나의 추억으로 남는다.

만약 여행을 가지 않았다면?
'빠이'에 가지 않았다면?
내가 그녀를 따라 라오스로 가지 않았다면?
그녀와의 추억은 없었을 것이다.

그녀만이 아니다. 여행에서는 일상에서 만나기 어려운 사람들을 손쉽게 만날 수 있다. 다양한 나라, 다양한 인종의 사람들과 어울리며 많은 이야기를 나눈다.

나는 한 사람을 책 한 권에 비유하곤 한다. 모든 사람은 각자 평생 쌓아온 지식과 경험을 품고 있다. 그들과 대화를 나누다 보면, 며칠 혹은 몇 년에 걸쳐 배울 것을 단 몇십 분, 몇 시간 만에 익힐 수도 있다.

무엇보다 누구와도 자유롭게 대화할 수 있다는 점이 가장 큰 장점이다. 우리는 일상에서 많은 사람과 대화한다. 하지만 대부분의 경우, 대화가 즐겁기보다 스트레스를 준다. 자유롭게 이야기할 수 없는 환경 때문이다. 직장에서는 직급이 있고, 일에는 이해관계가 얽혀 있다. 생각이 달라도 솔직하게 표현하기 어렵다. 여행에서 만나는 한국 사람도 마찬가지다. '나이'라는 보이지 않는 장벽이 대화를 어렵게 만든다.

우리는 편한 사람과 격의 없는 대화를 선호한다. 하지만 그런 사람은 극히 드물고, 매일같이 만나 이야기를 나눌 수도 없다. 때로는 전혀 모르는 사람과 허심탄회하게 이야기하고 싶어질 때가 있다. 내가 한 말이 오래 기억되지 않기를, 아는 사람의 귀에 들어가지 않기를 바랄 때가 있다.

여행에서는 이런 대화가 가능하다. 나와 아무 관련 없는 사람과 자유롭게 이야기할 수 있다. 어쩌면 이것이야말로 여행이 주는 가장 큰 선물일지도 모른다.

04

사람이 공간을 만들고,
공간이 다시 사람을 변화시킨다

나는 강원도에 있는 낙산사를 좋아한다. 처음 그곳을 찾았을 때, 마음 깊은 곳에서부터 평온함이 밀려왔다. 전혀 낯설지 않았다. 마치 오래도록 살아온 곳처럼 익숙했다. 문득 **'전생에 내가 여기서 살았던 적이 있을까?'** 하는 생각이 들었다.

이 이야기를 지인에게 들려주었다. 그는 절이란 기본적으로 터가 좋은 곳에 세워진다고 말했다. 낙산사는 국내에서도 손꼽히는 사찰이니, 그 터에서 뿜어져 나오는 좋은 기운 때문일 수도 있다고 했다. 또한, 그런 곳에는 좋은 마음으로 기도하는 사람들이 모이기에, 그들의 기운을 받아 본인의 기운도 더욱 좋아질 수 있다고 덧붙였다. 듣고 보니 수긍이 갔다. 좋은 기운을 가진 터에 좋은 기운을 가진 사람들이 모이면, 그 에너지를 받지 않을 수 없을 것이다. 나 또한 열린 마음으로 갔기에 더 그렇게 느꼈을 것이다.

여행을 하다 보면 다양한 사람을 만나게 된다. 그리고 대부분은 친절하며, 좋은 인상을 남긴다. 그러나 일할 때는 상황이 다르다. 피해를 주거나 이용하려는 사람이 더 많다고 느껴질 때가 있다. 그런데 여행지에서 만나는 사람들은 대부분 따뜻하고 선하다. 물론 사기를 치거나 남의 물건을 훔치는 사람도 있지만, 대다수는 그렇지 않다. 나는 그 차이가 '사람' 자체에 있는 것이 아니라, '환경'에 있다고 생각한다.

사람은 누구나 긍정적인 에너지와 부정적인 에너지를 동시에 지니고 있다. 다만, 어떤 환경에 놓이느냐에 따라 어느 쪽이 더 강하게 드러나는지가 달라질 뿐이다. 여행지에서는 사람들의 긍정적인 에너지가 더욱 강하게 드러난다고 믿는다. 그러나 모든 여행지가 그런 것은 아니다. 치안이 불안하고 위생이 나쁘며 불친절하기로 유명한 여행지도 있다. 그런 곳에서는 사람들도 자연스럽게 경계심을 갖고 날카로워진다. 결국, 사람은 환경에 따라 달라질 수밖에 없다.

'고도원의 아침편지'로 유명한 고도원 작가를 직접 만난 적이 있다. 그가 운영하는 '깊은 산속 옹달샘'에서 명상한 경험이 있다. 그는 기자로 일하다가 청와대에서 연설문 작성 비서관으로 근무했다. 쉬는 날이 5년 동안 손에 꼽을 정도로 바쁜 삶을 살았다고 한다. 피로를 풀기 위해 여러 마사지를 받았는데, 그중에서 가장 효과가 좋았던 것이 '기(氣) 마사지'였다. 이 마사지는 손으로 직접 누르는 것이 아니라, 마사지사가 손을 머리에 올리고 '기'를 보내는 방식이었다. 그런데 하루는 평소처럼 시원한 느낌이 들지 않아 눈을 떠보니 마사지사가 옆 동료에게 눈짓으로 지시를 하고 있었다고 한다. 자신에게 집중하지 않고 딴생각을 하니, 기가 제대로 전달되지 않았던 것이다. 이 일화는 사람이 가진 '기'가 다른 사람에게도 전달된다는 것을 보여준다.

빠이에는 좋은 사람들이 모인다. 그리고 이곳에서 그들은 더욱 따뜻한 에너지를 나눈다. 낯선 사람에게도 자연스럽게 미소 짓고, 여유롭게 사람들을 대한다. 그 에너지는 서로에게 전해진다. 기본적으로 빠이에 오래 머무는 사람들은 '슬로 라이프(Slow Life)'를 선호하는 사람들일 것이다. 계획된 일정에 맞춰 바쁘게 움직이기보다, 자연 속에서 여유를 즐기는 사람들이 좋아할 만한 곳이다. 그래서 이곳에서 마주치는 대부분의 사람들은 나와 비슷한 성향을 지녔다. 비슷한 가치관을 가진 사람들과 대화가 잘 통하는 것은 자연스러운 일이다. 아마 이것이 내가 빠이에 오면 기분이 좋아지고, 마음이 평온해지는 가장 큰 이유일 것이다.

05

나는 '빠이'를 적당히 사랑한다

친구가 물었다.

"빠이가 그렇게 좋으면 거기서 살면 되겠네?"

나는 대답했다.

"아니, 살고 싶지는 않아."

그곳에 살게 되면, 빠이를 좋아하는 이유가 사라질 것이기 때문이다. 외국에서 사는 일은 쉽지 않다. 가장 큰 문제는 경제 활동이다. 집을 구해야 하고, 수도세와 전기세 같은 공과금뿐만 아니라 각종 세금도 내야 한다. 이를 위해선 돈을 벌어야 한다. 하지만 사십 대인 내가 해외에서 원하는 수

준의 수입을 얻으며 취업하기란 현실적으로 어렵다. 결국 장사나 사업을 해야 한다. 그렇게 되면 여행지를 온전히 즐기기보다 생계를 유지하는 데 더 신경 써야 한다.

이 문제는 한국에서도 마찬가지다. 다른 지역에 정착하려면 경제적 기반이 필수다. 연금이나 투자 수익이 없다면 일을 해야 한다. 제주도의 아름다운 자연에 끌려 많은 사람이 이주하지만, 경제적 어려움이나 텃세 같은 현실적인 이유로 다시 떠나는 경우가 많다. 말과 문화가 다른 외국에서는 이런 어려움이 더 클 것이다. 게다가 한국에서는 신경 쓸 필요 없는 워크 퍼밋과 거주 비자도 주기적으로 갱신해야 한다. 한국에서는 클릭 몇 번이면 끝나는 일이 현지에서는 며칠이 걸리기도 한다.

여행지가 매력적인 이유는 내가 거주자가 아니기 때문이다. 현지의 사회·정치·문화적 문제는 내게 직접적인 영향을 미치지 않는다. 반면, 한국의 정치·사회·경제 문제는 내 삶과 밀접하게 연결되어 있다. 현지의 단점들은 잠시 머무는 외지인에게 잘 보이지 않는다. 불편해도 잠시 참으면 그만이다.

여행자 또한 여행지와 깊이 사랑에 빠지면 그곳을 구속하려 한다. 자신이 좋아했던 모습이 변하지 않기를 바라기 때문이다. 내가 한때 사랑했던 방콕의 카오산 로드와 치앙마이를 더 이상 사랑하지 않는 이유이다. 내가 좋아하던 그 모습은 이제 없다.

언젠가 빠이도 더 이상 사랑하지 않는 날이 올 수도 있다. 그때가 되면 나는 또 다른 사랑을 찾아 자유롭게 떠날 것이다. 여행자의 특권은 언제든 떠날 수 있다는 것이다.

06

'이야기'와 '이야기'가 만나다

나는 여행이 좋다. 여행을 통해 사람들을 만나고, 추억을 쌓을 수 있어서다. 웅장하고 오래된 건축물 그 자체보다, 그 너머에 담긴 이야기를 더 좋아한다. 사람에게나 건축물에나 각자의 이야기가 있다. 여행에서는 이야기와 이야기가 직접적으로 만난다. 하지만 간접적으로 만나는 방법도 있다. 바로 '책'을 통해서다.

대형 서점에는 수많은 책이 전시되어 있어 고르는 재미가 있다. 눈에 띄는 곳에는 유명 작가나 인플루언서의 책, 혹은 광고를 통해 홍보되는 책들이 자리한다. 대개 사람들이 좋아할 만한 책들로 채워진다. 어쩌면 비슷비슷한 책들이다.

물론 그런 책들도 좋아한다. 각 분야 전문가들의 지식과 경험이 담긴 책을 통해 많은 것을 배울 수 있다.

하지만 세상에는 더 다양한 이야기가 있다. 그리고 우리는 여행을 가지 않더라도 그 이야기들을 책을 통해 만날 수 있다. 다만, 그런 책들은 대형 서점에서 잘 보이지 않거나 아예 놓이지 않는 경우가 많다. 그래서 나는 독립 서적도 좋아한다. 소소한 사람들의 다양한 이야기가 담긴 책들을 특히 좋아한다.

독립 서점이나 동네 서점에서는 책방지기의 북 큐레이션이 이루어진다. 작은 공간에 제한된 책을 전시해야 하는 만큼, 책방지기는 자신이 관심 있는 책들로 서가를 채운다. 하나의 서점을 방문하는 일은 단순히 책을 만나는 시간이 아니다. 책방지기를 만나는 시간이기도 하다.

나도 그렇다. 내가 관심 있는 분야의 책을 전시한다. 솔직히 책방지기로서 좋은 책을 소개하고 싶은 마음도 있지만, 사실은 그 책들을 나만의 공간에서 편하게 읽고 싶다는 욕심이 더 컸다. 어쩌면 서점 운영은 또 다른 나의 '취미' 활동이다.

만성 적자이니, 취미라는 표현이 맞는다고 나는 생각한다.

가끔 작가들이 직접 책 입고를 요청하기도 한다. 내가 좋아하는 분야가 아닐 때도 있지만, 그런 책들도 들여놓는다. 새로운 분야의 책을 읽는 걸 좋아하기 때문이다. 여행지에서 낯선 사람과 낯선 주제로 대화하는 느낌이랄까.

서점을 운영하지 않았다면 결코 만나지 못했을 책들이다. 그리고 그런 책을 읽는 일은, 마치 미지의 세계를 탐험하는 것 같은 즐거움을 준다.

여행에서 만나는 유명한 관광지, 유적지는 대형 서점에서 좋은 자리를 차지한 책과 같다. 많은 사람이 그곳을 찾고, 그 이야기를 듣기 위해 온다. 반면, 여행에서 만나는 사람들은 독립 서점의 책과 비슷하다. 유명하지 않지만, 저마다의 이야기를 지니고 있다.

그러고 보니, 여행과 서점은 닮아있다. 둘 다 이야기와 이야기가 만나는 공간이다. 책과 여행은 결국 같은 길 위에 있다. 어디로 떠나든, 누구를 만나든, 우리는 그 과정에서 더 많은 이야기와 연결된다. '우연'이라는 이름을 가지고 말이다. 하지만 우연은 저절로 오지 않는다. 복권에 당첨되려면 복권을 사야 하는 것처럼 삶에서 '우연'처럼 보이는 '행운'을 원한다면, 일단 움직여야 한다. 책을 사서 읽어야 하고, 가방을 싸서 떠나야 한다.

07

당신만의 여행을 응원합니다

빠이에서의 마지막 날이다. 시간이 참 빠르다. 더 머물고 싶지만, 떠나야 한다. 나는 떠나지만, 누군가는 지금 빠이로 오고 있다. 언젠가 나도 다시 이곳을 찾을 것이다.

여행은 '선택'과 '우연'이 만들어내는 결과물이다. 어떤 이야기가 펼쳐질지는 알 수 없다. 하지만 대부분 좋은 기억으로 남는다. 그래서 걱정보다 기대가 크다. 불확실한 삶 속에서 여행은 기대 이상의 가치를 주는 투자일지도 모른다. 적은 비용으로도 최대의 즐거움과 다시 일상으로 돌아갈 힘을 준다. 덤으로 값진 추억까지 얻을 수 있다. 나에게 빠이는 그중에서도 최고의 투자처다.

예전에 여행을 하다가 비구니를 만난 적이 있다. 그는 인도를 좋아해 관련 책을 많이 읽었고, 몇 차례 다녀왔다고 했다. 그러다 류시화 시인의 책을 읽고 인도의 한 장소에 마음을 빼앗겼다. 오토바이를 타고 몇 시간을 달려 그곳을 찾았다고 한다. 하지만 막상 도착해 보니 허무했다고 했다. 별다른 볼거리가 없고 호수 하나만 덩그러니 있을 뿐이었다.

'이런 볼품없는 곳을 그렇게 아름답게 표현하다니.'

화가 나면서도, 작가는 역시 작가라는 생각이 들었다고 한다. 그러던 어느 날, 여행 중에 우연히 류시화 시인을 만났다. 그리고 따져 물었다고 한다.

"어떻게 그런 곳을 그렇게 표현할 수 있나요?"

그러자 작가는 다음과 같이 대답했다고 한다.

"저는 그렇게 느꼈습니다."

여행에 정답은 없다. 더 나은 경험을 위해 다른 사람의 여행을 참고할 수는 있지만, 그대로 따라 한다고 해서 같은 여행이 되지는 않는다. 확신컨대, 이 책을 읽는 독자가 경험할 빠이는 나와 다를 것이다.

이 책이 당신만의 여행을 찾는 데 작은 길잡이가 되기를 바란다. 그리고 당신만의 여행을 응원한다.

작가의 말

내가 운영하는 서점의 이름은 '동네서재 아롬답다'다.

'아롬답다'는 '아름답다'의 어원인 '아롬(아람)답다'에서 따왔다. 이 단어는 단순히 외모나 내면이 예쁘다는 뜻을 넘어 '나답다'라는 의미도 담고 있다. 즉, '나'다운 것이 곧 아름답다는 뜻이다.

나는 나답게 살고 싶었다. 원래 그렇게 살아왔기 때문이 아니라, 그렇게 살지 못했기 때문이다. 사람은 자신의 결핍을 드러내는 경향이 있다. 이루지 못한 것을 소망하고, 가지지 못한 것을 바란다. 그리고 말로 표현한다.

나는 어릴 때 소심했고 말수가 적었다. 주변에도 그런 사람이 있을 것이다. 눈에 띄지 않고, 있는 듯 없는 듯한 사람. '존재감 없는 아이'. 내가 바로 그랬다.

3살 터울의 동생과 같은 고등학교를 다녔다. 동생이 3학년이 되었을 때, 그의 국어 선생님은 내 고3 시절 담임이었다. 동생이 내 이야기를 꺼냈지만, 선생님은 기억하지 못했다. 학창 시절을 통틀어 가장 많은 대화를 나눈 선생님인데도 말이다. 그만큼 나는 존재감이 없었다. 그래서 남들에게 인정받고 싶어 부단히 애썼다. 그러다 보니 정작 '나'는 사라지고 '남'의 기준에 맞추어 살았다.

하지만 여행을 가면 달라졌다. 마치 '가면'을 쓴 사람처럼 말이다. 적극적으로 행동하고, 무모하게 도전하기도 하고, 남의 시선을 신경 쓰지 않았다. 나를 바꾼 것이 아니라, 내 속에 내재되어 있던 것이 여행이라는 특별한 상황에서 발현된 것이다.

'한국'이라는 사회에서, 그리고 '성실'을 강조하는 부모님 아래서 '장남'으로 자란 나는 스스로를 억눌렀던 것 같다. 그렇게 나를 분출할 수 있는 자유로움을 찾아 끊임없이 여행을 다녔다. 그러다 결국은 남들이 잘 가지 않는 곳, 아프리카에서까지 일을 했다. 남들의 걱정과는 달리 나는 그곳에서 너무 잘 지냈다.

다행히 지금은 남의 기준에 맞추어 살지 않는다. 바랐던 대로 '나'답게 살고 있다. 이 변화는 어느 날 갑자기 찾아온 것이 아니다. 여행 때문만도 아니다. 하지만 여행에서의 경험과 깨달음이 내 삶의 태도를 바꾸는 데 큰 영향을 주었다. 여행을 통해 축적된 것들이 다른 요소들과 결합하면서 마침내 내 것이 되었다. 무엇보다 여행을 통해서 '나'라는 인간을 명확하게 알게 된 것이 큰 수확이었다. 자신을 알아야 자신답게 살 수 있다.

처음 해외여행을 할 때는 짧은 시간 안에 최대한 많은 나라를 가보려 했다. 방문한 국가 수가 마치 여행을 잘하는 사람의 척도처럼 느껴졌기 때문이다. 하지만 어느 순간부터 그런 숫자들이 점점 부질없게 느껴지기 시작했다. 그리고 그때부터 비로소 '나'를 위한 여행이 시작되었다. 여러 곳을 빠르게 돌아보기보다, 한 곳을 깊이 들여다보고, 남들과는 다른 시선으로 여행을 해보려 했다. 오사카에선 개인 카페만 구경하며 하루를 보내기도 했고, 대만에선 아무 버스나 골라 타고 도착한 곳에서 동네 여행을 하였다.

많은 사람이 여행을 떠난다. 하지만 대부분은 비슷한 방식으로 여행한다. 책이나 여행기를 참고해, 다른 사람들이 갔던 장소를 방문하고, 같은 것을 보고, 같은 음식을 먹는다. 그러나 같은 시기, 같은 장소로 100명이 간다 해도, 그곳에서는 100개의 서로 다른 이야기가 생긴다. 그리고 그 이야기들이 만나, 또 다른 새로운 이야기로 이어지기도 한다. 자신의 여행을 얼마나 다르게 만들어갈지는, 온전히 자신에게 달려 있다.

빠이를 모든 사람이 좋아하지는 않을 것이다. 하지만 새로운 여행지가 필요한 사람, 일상에 지쳐 잠시 멈추고 싶은 사람, 스쳐 가는 여행이 아니라 온몸으로 느끼는 여행을 원하는 사람이라면, 빠이는 좋은 선택이 될 것이다. 그리고 당신이 이 글을 읽고 있다면, 그것이야말로 당신에게 이런 여행이 필요하다는 증거다. 필요하니까 이 책을 집어 들고, 이 글을 읽고 있는 것이다. 당신이 이 책을 '끌어당김'한 것이다. 그러니 망설이지 말라. 시간을 정하고 비행기 표를 끊어라. 그리고 '빠이'로 떠나라. 그곳에서는 무엇을 하든 당신이 원하는 대로 하면 된다.

이 책이 당신의 여행을 조금 더 자유롭게, 그리고 조금 더 당신답게 만들어 주기를 기원한다.